Tucholsky Wagner Zola Scott Sydow Freud Schlegel
Turgenev Fonatne
Wallace
Twain Walther von der Vogelweide Fouqué Friedrich II. von Preußen
Weber Freiligrath Frey
Kant Ernst
Fechner Weiße Rose von Fallersleben Richthofen Frommel
Fichte Hölderlin
Engels Fielding Eichendorff Tacitus Dumas
Fehrs Faber Flaubert
Eliasberg Zweig Ebner Eschenbach
Maximilian I. von Habsburg Fock Eliot
Feuerbach Ewald Vergil
Goethe Elisabeth von Österreich London
Mendelssohn Balzac Shakespeare Dostojewski Ganghofer
Lichtenberg Rathenau Doyle Gjellerup
Trackl Stevenson Hambruch
Tolstoi Lenz Droste-Hülshoff
Mommsen Hanrieder
Thoma von Arnim Hägele Hauff Humboldt
Dach Verne
Karrillon Reuter Rousseau Hagen Hauptmann Gautier
Garschin
Damaschke Defoe Hebbel Baudelaire
Descartes
Hegel Kussmaul Herder
Wolfram von Eschenbach Dickens Schopenhauer Rilke George
Darwin Melville Grimm Jerome
Bronner Bebel Proust
Campe Horváth Aristoteles
Bismarck Vigny Barlach Voltaire Federer Herodot
Gengenbach Heine
Storm Casanova Tersteegen Grillparzer Georgy
Chamberlain Lessing Langbein Gilm Gryphius
Brentano Lafontaine
Claudius Schiller Kralik Iffland Sokrates
Strachwitz Schilling
Katharina II. von Rußland Bellamy Raabe Gibbon Tschechow
Gerstäcker
Löns Hesse Hoffmann Gogol Wilde Vulpius
Gleim
Luther Heym Hofmannsthal Morgenstern
Roth Heyse Klopstock Klee Hölty Kleist Goedicke
Luxemburg Homer Mörike
La Roche Puschkin Musil
Machiavelli Horaz
Navarra Aurel Musset Kierkegaard Kraft Kraus
Lamprecht Kind Hugo Moltke
Nestroy Marie de France Kirchhoff
Laotse Ipsen Liebknecht
Nietzsche Nansen Ringelnatz
Marx Lassalle Gorki Klett Leibniz
von Ossietzky May
vom Stein Lawrence Irving
Petalozzi Knigge
Platon Michelangelo Kafka
Pückler Kock
Sachs Poe Liebermann
de Sade Praetorius Mistral Zetkin Korolenko

Der Verlag tredition aus Hamburg veröffentlicht in der Reihe **TREDITION CLASSICS** Werke aus mehr als zwei Jahrtausenden. Diese waren zu einem Großteil vergriffen oder nur noch antiquarisch erhältlich.

Symbolfigur für **TREDITION CLASSICS** ist Johannes Gutenberg (1400 — 1468), der Erfinder des Buchdrucks mit Metalllettern und der Druckerpresse.

Mit der Buchreihe **TREDITION CLASSICS** verfolgt tredition das Ziel, tausende Klassiker der Weltliteratur verschiedener Sprachen wieder als gedruckte Bücher aufzulegen – und das weltweit!

Die Buchreihe dient zur Bewahrung der Literatur und Förderung der Kultur. Sie trägt so dazu bei, dass viele tausend Werke nicht in Vergessenheit geraten.

Die Abendunterhaltung in Vincennes

Alfred de Vigny

Impressum

Autor: Alfred de Vigny
Übersetzung: Paul Hansmann
Umschlagkonzept: toepferschumann, Berlin

Verlag: tredition GmbH, Hamburg
ISBN: 978-3-8424-1244-6
Printed in Germany

1. Ehrenskrupeln eines Soldaten

An einem Sommerabend Achtzehnhundertneunzehn lustwandelte ich im Innern der Festung Vincennes, wo ich in Garnison stand, mit Timoléon d'Arc ..., welcher gleich mir Gardeleutnant war. Wie üblich waren wir zum Schießübungsplatz gebummelt, hatten einer Prallschußübung beigewohnt, friedlich Soldatengeschichten erzählt und angehört, über die Kriegsschule, ihre Entstehung, ihren Nutzen, ihre Fehler und über Menschen geplaudert, deren gelbe Hautfarbe dies geometrische Ackerfeld hervorgerufen hat. Solch bleiche Schulfarbe trug auch Timoléon auf der Stirne. Die ihn kannten, werden sich seiner regelmäßigen und etwas eingefallenen Züge, seiner großen schwarzen Augen und der geschwungenen Brauen, die sie überwölbten, sowie des so sanften und selten getrübten Ernstes seines Spartanerantlitzes erinnern. Bei unserer ausgiebigsten Unterhaltung an diesem Abend beschäftigte ihn Laplaces System der Wahrscheinlichkeiten aufs tiefste. Ich erinnere mich, daß er dies Buch, von welchem wir sehr viel hielten und mit dem er sich oft abplagte, unterm Arme trug.

Die Nacht sank herab oder entfaltete sich, besser gesagt. Voller Freude sah ich die von Ludwig dem Heiligen erbaute Kapelle und jenen Kranz bemooster und halbzerfallener Türme, die Vincennes damals zum Schmuck gereichten; der massive Hauptturm erhob sich über sie wie ein König unter seinen Garden. Die kleinen Halbmonde der Kapelle glänzten zwischen den ersten Sternen am Ende ihrer obersten Turmspitzen. Der frische und milde Waldgeruch drang über die Wälle zu uns herüber und bis auf die Rasenstücke der Batterien strömte alles einen Sommerabendduft aus. Wir saßen auf der großen Kanone Ludwigs des Vierzehnten und sahen schweigend einigen jungen Soldaten zu, welche ihre Kraft versuchten, indem sie abwechselnd eine Bombe am Griffende aufhoben, während andere zu zweit und viert mit aller Trägheit militärischen Müßiggangs über die Zugbrücke aus- und eingingen. Die Höfe waren angefüllt mit offenen und pulverbeladenen Artilleriemunitionswagen, die für die Truppenbesichtigung des kommenden Morgens fertiggemacht waren. Auf unserer Seite, bei dem Holztore, öffnete und schloß voller tiefer Unruhe ein alter Artillerieadjutant die sehr leichte Tür eines kleinen Turmes, Pulvermagazins und

Arsenals, welches der Fußartillerie gehörte und mit Pulverfässern, Waffen und Kriegsmunition angefüllt war. Er grüßte uns im Vorbeigehn. Es war ein Mann von hoher, aber etwas gebeugter Gestalt. Seine spärlichen Haare waren weiß, sein Schnurrbart grau und buschig, er hatte ein offenes Gesicht, das robust und noch frisch, glücklich, sanft und klug ausschaute. Drei große Register hielt er in der Hand und prüfte lange Zahlenkolonnen darinnen. Wir fragten ihn, warum er wider seine Gewohnheit noch so spät arbeite. Er antwortete uns mit dem respektvollen und ruhigen Tone alter Soldaten, folgenden Morgens um fünf Uhr in der Frühe finde Generalinspektion statt; er sei für den Pulvervorrat verantwortlich und müsse ihn nachprüfen und seine Berechnungen zwanzigmal wieder von neuem anfangen, um sich den leisesten Vorwurf der Nachlässigkeit zu ersparen. Er habe die letzte Tageshelle dazu benutzen wollen, weil die Instruktion streng sei und nachts den Pulverturm mit einer Fackel oder selbst mit einer Blendlaterne zu betreten verbiete; er sei untröstlich, nicht Zeit gehabt zu haben, alles zu besichtigen, habe er doch nur noch einige Granaten zu prüfen. Er möchte sehr gern in der Nacht zurückkommen; und etwas ungeduldig blickte er den Grenadier an, den man als Wache vor die Türe gestellt und der ihn am Hineingehn hindern mußte.

Nachdem er uns diese Einzelheiten mitgeteilt hatte, ließ er sich auf die Knie nieder und blickte unter die Tür, ob dort auch nicht ein Spürchen Pulver läge. Er fürchtete, die Sporen oder Hufeisen der Offiziere möchten dort folgenden Morgens Feuer verursachen.

»Nicht das beschäftigt mich am meisten,« sagte er, wieder aufstehend, »sondern meine Register.« Und er betrachtete sie voller Bedauern.

»Sie sind zu gewissenhaft«, erklärte Timoleon.

»Ach, Herr Leutnant, wenn man bei der Garde steht, kann man es seiner Ehre wegen gar nicht genug sein. Einer unserer Kavallerieunteroffiziere hat sich vergangenen Montag eine Kugel durch den Kopf gejagt, weil man ihn ins Arrestlokal gesteckt. Ich aber muß den Unteroffizieren ein Beispiel geben. Seit ich bei der Garde diene, hab' ich mir seitens meiner Vorgesetzten nicht einen Tadel zugezogen und eine Bestrafung würde mich recht unglücklich machen.«

Diese wackeren Soldaten, welche in der Armee aus der Elite der Elite auserwählt sind, halten sich wahrlich um des geringfügigsten Fehles willen für entehrt.

»He, Ihr seid alle Puritaner der Ehre«, sagte ich, ihm auf die Schulter klopfend.

Er salutierte und zog sich in die Kaserne zurück, wo seine Wohnung war. Dann kam er mit einer Sitteneinfalt, welche anständigen Soldaten eigentümlich ist, zurück und brachte in seinen Handhöhlen Hanfsamen für eine Glucke, die ihre zwölf Kücken unter der alten Bronzekanone, auf der wir saßen, betreute. Es war das reizendste Huhn, das ich in meinem Leben gesehn habe; war ganz weiß, ohne einen einzigen Flecken, und der brave Mann mit seinen bei Marengo und Austerlitz verstümmelten Händen hatte ihm eine kleine rote Federkrone um den Kopf und eine kleine Silberkette mit einem Schilde mit seinem Namenszuge um die Brust geschlungen. Die gute Henne war stolz darauf und zugleich auch dankbar dafür. Sie wußte, daß die Schildwachen sie respektierten und hatte vor niemandem Furcht, nicht einmal vor einem Milchschwein und einer Nachteule, die unter der Nachbarkanone bei ihr untergebracht waren. Die schöne Henne war der Stolz der Kanoniere, von uns allen nahm sie Brotrinden und Zucker an, solange wir in Uniform waren; vor Zivilkleidern aber hatte sie Abscheu. Unter der Verkleidung kannte sie uns nicht mehr und floh mit ihrer Familie hinter die Kanone Ludwigs des Vierzehnten, eine prachtvolle Kanone, in welche die ewige Sonne mit ihrem nec pluribus impar und ihrer ultima ratio regum eingraviert war. Und nun hauste eine Henne darunter!

In wohlgesetzten Worten erzählte uns der gute Adjutant von ihr. Sie versorgte ihn und seine Tochter in grenzenloser Freigebigkeit mit Eiern, und er liebte sie so sehr, daß er nicht den Mut aufbrachte, ein einziges ihrer Jungen zu schlachten, da er sie zu betrüben fürchtete. Als er von ihren guten Eigenschaften erzählte, schlugen Trommeln und bliesen Trompeten zu gleicher Zeit zum Abendappell. Man zog die Brücken auf und die Pförtner ließen die Ketten klirren. Wir hatten keinen Dienst und gingen durch das Holztor hinaus. Timoléon, welcher in einemfort Winkel mit seiner Säbelspitze in den Sand gezeichnet hatte, war von der Kanone aufgestanden und trauerte, wie ich meiner weißen Henne und meinem Adjutanten, seinen Dreiecken nach.

Den Wällen folgend, wandten wir uns nach links und kamen so an dem Rasenhügel vorbei, den man dem Herzog von Enghien über seinem füsilierten Körper und seinem auf Pflastersteinen zerschmetterten Kopfe errichtet, gingen dann neben den Gräben her und betrachteten von dort aus den kleinen weißen Pfad, den der Herzog verfolgt hatte, um zu dem Graben zu gelangen.

Es gibt zwei Arten von Menschen, die sehr gut fünf geschlagene Stunden zusammen spazieren gehen können, ohne miteinander zu sprechen: es sind die Gefangenen und die Offiziere. Da sie dazu verurteilt sind, sich immer zu sehn, ist jeder, auch wenn sie alle vereint sind, allein. Die Hände auf dem Rücken gingen wir schweigend einher. Ich bemerkte im Mondenscheine, daß Timoléon einen Brief unaufhörlich hin und her drehte. Es war ein kleiner Brief schmalen Formats; ich kannte sein Format und seine Schreiberin, war ich doch gewöhnt, ihn tagtäglich über der feinen und eleganten kleinen Schrift träumen zu sehen. So waren wir denn dem Schlosse gegenüber im Dorfe angelangt, waren die Treppe unseres kleinen weißen Hauses hinaufgestiegen und wollten uns auf dem Flure unserer benachbarten Zimmer trennen, ohne daß wir ein Wort geäußert hatten. Da erst sagte er plötzlich zu mir:

»Sie will durchaus, daß ich meinen Abschied einreiche; was halten Sie davon?«

»Ich denke,« sagte ich, »sie ist schön wie ein Engel, weil ich sie gesehn habe; ich denke, Sie lieben sie wie wahnsinnig, weil ich Sie seit zwei Jahren so wie heute abend sehe; ich denke, daß Sie Ihren Pferden und Ihrem Aufwände nach zu urteilen ein recht hübsches Vermögen besitzen; ich denke, Sie haben sich genugsam bewiesen, um den Abschied nehmen zu können, was in Friedenszeiten kein großes Opfer ist; ich denke aber auch an eins ...«

»Was ?« fragte er, voll Bitterkeit lächelnd, weil er mich erriet.

»Daß sie verheiratet ist,« sagte ich sehr ernst; »Sie wissen es besser als ich, armer Freund.«

»Das stimmt,« sagte er, »keine Zukunft.«

»Und der Dienst ist doch dazu da, Sie das manchmal vergessen zu lassen«, fuhr ich fort.

»Vielleicht,« erwiderte er; »aber es ist nicht sehr wahrscheinlich, daß mein Stern sich beim Heere ändert. Sehen Sie, alles was ich im Leben noch tat, blieb entweder unbekannt oder wurde übel gedeutet.«

»Allnächtlich würden Sie im Laplace lesen,« sagte ich, »wenn es kein Heilmittel für Sie gäbe.«

Und ich schloß mich in meinem Zimmer ein, um ein Gedicht über unsere eherne Maske zu schreiben, welches ich »das Gefängnis« nannte.

2. Über die Liebe zur Gefahr

Für Menschen, die ich weiß nicht welcher Teufel mit den Illusionen der Poesie verfolgt, kann die Einsamkeit niemals still genug sein.

Das Schweigen war tief und dichter Schatten lag auf den Türmen des alten Vincennes. Auf Trommelzeichen hin waren um sechs Uhr alle Feuer ausgelöscht worden. Man hörte nur die Stimme der Wachtposten, die auf dem Walle standen und sich nacheinander ihren langgezogenen und melancholischen Ruf: »Wache hab' Acht!« zuriefen und wiederholten. Die Turmraben antworteten noch trauriger, und da sie sich dort oben nicht mehr in Sicherheit wähnten, flogen sie noch höher, bis auf den massiven Hauptturm. Nichts vermochte mich mehr zu beunruhigen, und doch beunruhigte mich etwas, das weder Geräusch noch Licht war. Ich wollte und konnte nicht schreiben. In meinem Innern fühlte ich etwas wie einen Flecken in einem Smaragd; es war der Gedanke, daß jemand in meiner Nähe auch wachte und ohne Trost, tief gequält, wachte. Das peinigte mich. Ich wußte genau, daß er sich gern anvertrauen wollte, und war sein Vertrauen doch rauh geflohen in dem heißen Wunsche, mich meinen Lieblingsgedanken zu widmen. Daß meine Gedanken wirr durcheinander gingen, war meine Strafe dafür. Sie flogen mir nicht frei und in Fülle zu und ihre Flügel schienen schwer zu sein; vielleicht waren sie naß von der heimlichen Träne eines verlassenen Freundes.

Ich stand vom Sessel auf, öffnete das Fenster und atmete still die balsamische Nachtluft ein. Ein Waldduft mit etwas Pulvergeruch vermischt drang zu mir über die Mauern; das erinnerte mich an den Vulkan, auf dem dreitausend Menschen in völliger Sicherheit lebten und schliefen. Auf der dicken Mauer des Forts, welches durch einen höchstens vierzig Fuß breiten Weg vom Dorfe getrennt wird, bemerkte ich den von der Lampe meines jungen Nachbars geworfenen Schein; sein Schatten ging und kam auf der Mauer, und ich sah an seinen Achselstücken, daß er nicht einmal ans Entkleiden gedacht hatte. Es war Mitternacht. Hastig ging ich aus meinem Zimmer und trat bei ihm ein. Mein Anblick erstaunte ihn gar nicht und er erklärte sogleich, wenn er noch auf sei, komme das daher, daß er noch eine Xenophonlektüre, die ihn sehr fessele, beendigen wolle. Da es aber kein einziges aufgeschlagenes Buch im Zimmer gab und er seinen kleinen Frauenbrief noch in den Händen hielt, ließ ich mich nicht von ihm anführen, wenn ich mir auch den Anschein gab. Wir stellten uns ans Fenster und, um meine Gedanken seinen näherzubringen, sagte ich zu ihm:

»Ich meinerseits arbeitete auch noch und suchte mir Rechenschaft abzulegen über die Art Magnet, den für uns der Degenstahl bildet. Eine unwiderstehliche Anziehungskraft hält uns unwillkürlich im Dienste fest und sorgt dafür, daß wir immer auf ein Ereignis oder einen Krieg warten. Ich weiß nicht (und kam deshalb, um mit Ihnen darüber zu reden), ob es der Wahrheit nicht mehr entspräche, wenn man sagte und schriebe, daß es in den Armeen eine Leidenschaft gäbe, die ihnen zu eigen ist und Leben verleiht; eine Leidenschaft, die weder mit Ruhmsucht noch Ehrgeiz etwas zu schaffen hat; es ist etwas wie ein Kampf Leib an Leib wider das Schicksal, ein Kampf, der die Quelle von tausend für die anderen Menschen unbekannten Wollüsten ist und dessen innere Triumphe voller Herrlichkeit sind, kurz, es ist die Liebe zur Gefahr.«

»Das stimmt«, sagte Timoléon; und ich fuhr fort:

»Was würde denn den Seemann auf dem Meere aufrecht erhalten ? Wer würde ihn über den Verdruß eines Mannes, nur Männer sehn zu müssen, trösten? Er fährt ab und sagt der Erde Lebewohl, dem Lächeln der Frauen Lebewohl, ihrer Liebe Lebewohl, den erwählten Freundschaften und zarten Lebensgewohnheiten Lebewohl, den guten alten Eltern Lebewohl, der schönen Natur der Gefilde Lebewohl, den Bäumen, den Rasenflächen, den Blumen, die so schön duften, den düsteren Felsen, den melancholischen Wäldern voll schweigender und wilder Tiere, den großen Städten Lebewohl, dem ständigen Schaffen der Künste, der köstlichen Beschwingtheit aller Gedanken in der Muße des Lebens, den eleganten, geheimnisvollen und leidenschaftbeseelten Beziehungen der Welt; er sagt allem Lebewohl und fährt ab. Drei Feinde wird er finden: Wasser, Luft und Menschen; und in jeder Minute seines Lebens wird er mit einem von ihnen zu kämpfen haben. Solche herrliche Unruhe erlöst ihn von der Langeweile. Er lebt in ewigem Siege; einer besteht darin, über den Ozean dahinzufahren, ohne scheiternd zugrunde zu gehn;

einer darin, daß man hingelangen kann, wohin man will und in des widrigen Windes Arme sinkt, einer darin, vor dem Sturme herzueilen und ihn sich wie einen Diener folgen zu lassen; noch ein anderer, auf ihm zu schlafen und sich seinen Arbeitsraum auf ihm einzurichten. Im Gefühle seiner Königswürde legt er sich auf dem Rücken des Ozeans wie Sankt Hieronymus auf seinem Löwen schlafen und er genießt der Einsamkeit, die auch seine Gattin ist.«

»Das ist groß«, erklärte Timoléon; und ich bemerkte, daß er den Brief auf den Tisch legte.

»Und die Liebe zur Gefahr, welche dafür sorgt, daß er nie einen müßigen Augenblick hat, daß er sichern Kampfe fühlt und ein Ziel schaut, nährt ihn. Ja, des Kampfes bedürfen wir stets; wenn wir im Felde ständen, würden wir nicht so viel leiden.«

»Wer weiß?« sagte er.

»Sie sind so glücklich, wie Sie's zu sein vermögen; in Ihrem Glücke können Sie nicht avancieren. Dies Glück ist wirklich eine Sackgasse.« »Zu wahr! Zu wahr!« hörte ich ihn murmeln.

»Verhindern können Sie es nicht, daß sie einen jungen Gatten und ein Kind besitzt, und Sie können nicht mehr Freiheit erobern, als sie schon errangen; das ist Ihre Qual.«

Er drückte mir die Hand: »Und immer lügen müssen!« sagte er...

»Meinen Sie, daß es Krieg geben wird?«

»Mit keinem Worte glaub' ich das«, entgegnete ich.

»Wenn ich nur wissen könnte, ob sie heute abend auf jenem Balle ist! Ich hatte ihr so streng verboten hinzugehn.«

»Ohne daß Sie mir das sagen, würde ich gar nicht einmal gemerkt haben, daß es Mitternacht ist,« sagte ich zu ihm; »Sie haben kein Austerlitz nötig, mein Freund, Sie sind hinreichend beschäftigt; Sie können noch viele Jahre über heucheln und lügen. Guten Abend.«

3. Das Familienkonzert

Als ich mich zurückziehen wollte, blieb ich mit der Hand auf der Türklinke stehen und lauschte voller Verwunderung einer Musik, die in ziemlicher Nähe war und aus dem Schlosse selber drang. Wie man sie durch's Fenster hörte, schien sie von zwei Männerstimmen, einer Frauenstimme und einem Pianino ausgeführt zu werden. Zu solcher Nachtstunde bildete sie eine süße Überraschung für mich. Ich schlug meinem Kameraden vor, ihr aus größerer Nähe zu lauschen. Die mit der großen parallel laufende kleine Zugbrücke, welche dazu da ist, Oberbefehlshaber und Offiziere bestimmte Nachtstunden über passieren zu lassen, war noch nicht hochgezogen. Wir kehrten ins Fort zurück und als wir in den Höfen umher streiften, wurden wir durch den Ton bis unter offene Fenster geführt, welche ich als die des guten alten Artillerieadjutanten erkannte.

Diese großen Fenster lagen im Erdgeschosse und als wir ihnen gegenüber stehen blieben, entdeckten wir hinten im Gemache dieses ehrenwerten Soldaten einfache Familie.

Im Hintergrunde des Zimmers stand ein kleines Mahagonipianino, das mit alten Messingbeschlägen verziert war. So alt und so bescheiden, wie er uns vorher vorgekommen war, saß der Adjutant am Klavier und spielte eine Folge von Begleitakkorden und einfachen Modulationen, die harmonisch schön miteinander verbunden waren. Die Augen blickten himmelwärts und er hatte keine Noten vor sich; entzückt unter seinem dicken weißen Schnauzbarte stand sein Mund halb offen. Seine zu seiner Rechten stehende Tochter wollte singen oder hatte grade aufgehört, denn wie er schaute auch sie mit halboffenem Munde beunruhigt himmelwärts. Ihr zur Linken hielt sich ein junger Unteroffizier der leichten Gardeartillerie, in dieses schönen Korps strenge Uniform gekleidet, und blickte das junge Wesen an, wie wenn er ihm unaufhörlich gelauscht hätte.

Nichts Friedlicheres gab es als ihr Beieinandersein, nichts Schicklicheres als ihre Haltung, nichts Glücklicheres als ihre Gesichter. Der Lichtstrahl, der von oben auf ihre Stirne fiel, beleuchtete keinen sorghaften Ausdruck, Gottes Finger hatte nur Güte, Liebe und Bescheidenheit auf sie geschrieben.

Das Rasseln unserer Säbel an den Mauern hatte sie auf unsere Anwesenheit aufmerksam gemacht. Der wackere Mann erblickte uns und über seine kahle Stirn flammte die Röte der Überraschung und ich meine auch der Befriedigung. Eifrig erhob er sich, nahm einen der drei Leuchter, die ihm Licht spendeten, schloß uns auf und ließ uns Platz nehmen. Wir baten ihn sein Familienkonzert fortzusetzen; und ohne sich zu entschuldigen und um Nachsicht zu bitten, sagte er mit edler Unbefangenheit zu den Kindern: »Wie weit waren wir ?«

Und die drei Stimmen erhoben sich mit unsäglicher Harmonie im Terzett.

Timoléon lauschte und verharrte regungslos; ich aber verbarg Kopf und Augen in den Händen und begann mit einer Rührung, die, warum weiß ich nicht, schmerzhaft war, zu träumen. Was sie sangen, führte meine Seele in Regionen glückseliger Tränen und Melancholien; und da ich vielleicht beharrlichen Gedanken zufolge meine abendliche Arbeit fortsetzte, verwandelten die beweglichen Modulationen sich für mich in bewegliche Gestalten. Was sie sangen, war einer jener schottischen Chöre, eine jener alten Bardenmelodien, in denen noch das sonore Echo der Orkneyinseln tönt. Für mich erhob sich leise dieser Chor und verflüchtigte sich plötzlich wie Nebel in den Gebirgen Ossians; jene Nebel, die sich über dem Perlschaum der Sturzbäche des Arven bilden, die sich langsam verdichten, sich aufzublähen und aufsteigend sich scheinbar zu einer zahllosen Menge von Winden geplagter und zerrissener Gespenster vergrößern. Krieger sind das, welche, die Pickelhaube auf die Hand setzend, stets träumen, und deren Träne und Blut Tropfen um Tropfen in die dunklen Gewässer unter den Felsen fällt. Da sind bleiche Schöne, deren Haare wie die Strahlen eines fernen Kometen den Rücken lang herunter wallen und an des Mondes feuchten Busen vergehn; sie gleiten schnell vorüber und ihre in ihrer weißen Gewänder duftigen Falten gehüllten Füße lösen sich in nichts auf; sie haben keine Flügel und fliegen doch. Harfen tragend, fliegen sie dahin, fliegen mit gesenkten Augen und halbgeöffnetem unschuldsvollem Munde; im Vorbeigleiten stoßen sie einen Schrei aus und verlieren sich steigend dann im sanften Lichte, das sie ruft. Da sind Luftschiffe, die gegen düstere Gestade zu stoßen und in gedrängte Fluten unterzutauchen scheinen: Berge neigen sich, um sie zu beweinen, und schwarze Doggen heben ihre unförmigen Köpfe auf und heulen lange, die Scheibe betrachtend, die am Himmel bebt, während das Meer der Orkneyinseln an weißen Säulen rüttelt, welche aufgereiht sind wie Pfeifen einer ungeheuren Orgel, die über den Ozean eine herzzerreißende Harmonie ausgießt, die tausendfach in der Höhle widerhallt, welche die Woge einschließt.

So deutete sich in düsteren Bildern die Musik in meiner noch recht jungen Seele aus, die aller Sympathie offen stand und wie verliebt in ihre erdichteten Schmerzen war.

Sie so zu empfinden, hieß übrigens auf die Seelenregung desjenigen zurückkommen, der die traurigen Gesänge ersonnen hatte. Die glückliche Familie selber empfand die starke Bewegung, die sie mitteilte, und tiefes Vibrieren ließ die drei Stimmen manchmal erbeben.

Der Gesang hörte auf und langes Schweigen folgte ihm nach. Wie ermüdet, hatte das junge Wesen sich auf ihres Vaters Schulter gestützt; sie war von hoher und wie von Schwäche etwas gebeugter Gestalt, war schlank und schien allzu schnell gewachsen und ihre etwas zarte Brust dadurch angegriffen zu sein. Sie aber küßte ihren Vater auf die kahle, breite und faltenreiche Stirn und überließ dem jungen Unteroffizier die Hand, die er an seine Lippen drückte.

Da ich mich aus Eigenliebe wohl hütete, meine inneren Träumereien laut einzugestehn, begnügte ich mich mit den kühlen Worten:

»Möge der Himmel denen, welche die Gabe besitzen, Musik in Worten auszudeutendem langes Leben und alle nur erdenklichen Wohltaten erweisen! Nicht eben gut kann ich einen Menschen verstehen, der einer Sinfonie als Fehler vorwirft, zu kartesianisch zu sein, und einer andern, zu sehr Spinozas Systeme zuzuneigen; der laut Einspruch wider den Pantheismus eines Trios erhebt und nicht glaubt, daß eine Ouvertüre zur Veredelung der breiten Masse beitragen könne. Wenn ich so glücklich wäre und wüßte, wie einen noch ein Versetzungszeichen mehr in der Vorzeichnung eines Flöten- oder Fagottquartetts zum begeisterteren Anhänger des Direktoriums als des Konsulats und des Kaiserreichs machen kann, würd' ich nicht mehr sprechen, sondern ständig singen. Worte und Phrasen würd' ich verachten, die höchstens nur für hundert Provinzen taugen, während ich mit meinen sieben Tönen meine Gedanken glücksdurchdrungen dem weiten Weltall klarzumachen verstünde. Da ich solcher Kunst aber ermangle, ist meine musikalische Unterhaltung so begrenzt, daß ich Ihnen nur mit ganz gewöhnlichen Worten meine Befriedigung auszudrücken vermag, die vor allem Ihr Anblick und das Schauspiel der unbefangenen und biederen Eintracht, welche in Ihrer Familie herrscht, in mir hervorruft. Was mir am meisten an Ihrem kleinen Konzerte gefällt, ist das Vergnügen, das es Ihnen selber bereitet: Ihre Seelen sind, scheint's, noch schöner als die schönste Musik, welche der Himmel je von unserer elenden, immer seufzenden Erde zu sich aufsteigen hörte.«

Voller Wärme streckte ich dem guten Vater die Hand hin und er drückte sie mit dem Ausdrucke ernsthafter Dankbarkeit. Er war nur ein schlichter Soldat, besaß aber in Sprache und in Benehmen, ich weiß nicht was vom ehemaligen feinen Tone der Welt. Die Folge klärte mich darüber auf.

»Solch ein Leben führen wir hier, Herr Leutnant. Wir: meine Tochter, ich und mein künftiger Schwiegersohn erholen uns im Singen.«

Gleichzeitig sah er die schönen jungen Leute mit einer von Glück hell erstrahlenden Zärtlichkeit an.

»Das«, fügte er mit ernsterer Miene hinzu, indem er auf ein kleines Porträt zeigte, »ist die Mutter meiner Tochter.«

Wir blickten auf die weißgekalkte Mauer des einfachen Zimmers und sahen dort wahrlich eine Miniatur, welche die anmutigste, frischeste kleine Bäuerin darstellte, die Greuze jemals mit großen blauen Augen und einem Kirschenmunde ausstattete.

»Eine sehr hohe Dame hatte vor Zeiten einmal die Güte, das Bild da zu malen,« erklärte der Adjutant mir; »ja die Geschichte aber von der Mitgift meiner Frau ist merkwürdig.«

Wir saßen um drei Absynthgläser herum, die er uns vorher in feierlicher Weise angeboten hatte, und auf unser inständiges Bitten hin, uns von seiner Heirat zu erzählen, hub er also an:

4. Des Adjutanten Geschichte: Die Kinder von Montreuil und der Steinmetz

»Sie müssen wissen, Herr Leutnant, daß ich im Dorfe Montreuil und von dem Herrn Pfarrer von Montreuil selber aufgezogen worden bin. Er hatte mich einiges vom gregorianischen Kirchengesang in den glücklichsten Zeiten meines Lebens, zu der Zeit nämlich gelehrt, wo ich Chorknabe war, dicke frische und kugelrunde Backen hatte, auf die jedweder im Vorbeigehen klopfte, eine helle Stimme, blonde gepuderte Haare und einen groben Leinenkittel und Holzpantinen besaß. Ich besehe mich zwar nicht oft im Spiegel, glaube aber, daß ich so nicht gerade mehr aussehe. Damals sah ich so aus und konnte es nicht über mich bringen, von einem scharfen und unharmonischen Klavecin zu lassen, welches der alte Pfarrer bei sich stehn hatte. Mit ziemlicher Richtigkeit schenkte ich ihm Gehör und der gute Vater, der früher in Notre Dame als Sänger und Lehrer von einförmigen Musikstücken einen Namen gehabt hatte, ließ mich ein altes Noten Abc lernen. Wenn er zufrieden war, kniff er mich in die Backen, daß sie blau anliefen, und sagte zu mir:

»Höre, Mathurin, Du bist zwar nur eines Bauern und einer Bäuerin Sohn, wenn Du aber Deinen Katechismus und Deine Solfeggien gut kannst und darauf verzichtest, mit der verrosteten Büchse zu Hause zu spielen, kann man einen Musiklehrer aus Dir machen; fahre nur so fort.«

Das gab mir frohen Mut, und ich schlug mit allen meinen Fingern auf die beiden armen Tastaturen los, bis deren Töne fast alle stumm waren.

Es gab Stunden, wo ich spazieren gehen und herumlaufen durfte; meine liebste Erholung war's aber, mich an den Rand des Montreuiler Parks zu setzen und mein Brot bei den Maurern und Arbeitern zu verzehren, die an der Versailler Allee, hundert Schritte vom Eingangstore, auf der Königin Befehl einen Musikpavillon bauten. Es war ein reizender Platz, den Sie zur Rechten an der Versailler Straße, wenn man ankommt, noch sehen können. Am äußersten Ende des Parks von Montreuil, inmitten einer von hohen Bäumen eingefaßten Rasenfläche, können Sie einen Pavillon sehen, der zugleich einer Moschee und einer Bonbonschachtel ähnelt; als man den baute, schaute ich zu.

Ich faßte ein kleines Mädchen meines Alters bei der Hand, das Pierrette hieß und das der Herr Pfarrer ebenfalls singen ließ, weil sie eine hübsche Stimme besaß. Die nahm ein dickes Butterbrot mit, welches ihr die Pfarrköchin gab, die ihre Mutter war, und wir schauten dem Bau des kleinen Hauses zu, das die Königin aufführen ließ, um es Madame zu schenken.

Pierrette und ich waren etwa dreizehn Jahre alt. Sie war bereits so schön, daß Leute auf der Straße stehen blieben, um ihr Liebenswürdigkeiten zu sagen; wie oft habe ich schöne Damen aus ihren Wagen steigen sehn, um mit ihr zu sprechen und sie zu küssen! Wenn sie ihr rotes Kleid mit aufgebauschten Seitenteilen und festanliegendem Gürtel trug, sah man deutlich, daß sie eines Tages mal eine Schönheit werden würde. Sie dachte sich nichts dabei und liebte mich wie einen Bruder.

Wir gingen immer zusammen aus; schon seit frühester Kindheit faßten wir uns stets, wenn wir gingen, bei den Händen, und diese Sitte hatte sich so gut bei uns eingebürgert, daß ich Pierretten in meinem ganzen Leben nie den Arm reichte. Unser ständiger Besuch bei den Arbeitern verschaffte uns die Bekanntschaft mit einem jungen Steinmetzen, der acht oder zehn Jahre älter war als wir. Er ließ uns auf einem Bruchstein oder auf der Erde neben sich Platz nehmen, und wenn er einen großen Stein zu zersägen hatte, goß Pierrette Wasser auf die Säge und ich faßte das andere Ende, um ihm zu helfen; auch war er mein bester Freund auf der Welt. Er besaß einen sehr friedlichen, sanften Charakter und manchmal war er ein wenig heiter, doch nicht oft. Er hatte ein kleines Lied auf die Steine, welche er bearbeitete, gemacht, und daß sie härter wären als Pierrettes Herz, wir alle drei mußten viel darüber lachen. Er war ein großer Bursche, der noch im Wachsen begriffen war, ganz bleich und schlotterig, mit langen Armen und Beinen; manchmal sah es so aus, als dächte er nicht an das, was er tat. Er liebe seinen Beruf, sagte er, weil er in aller Ruhe seinen Tagelohn mit ihm verdienen und dabei bis Sonnenuntergang doch an etwas anderes denken könne. Sein Vater, ein Architekt, hätte sich, wie, weiß ich nicht, um Hab und Gut gebracht, so daß der Sohn wieder klein anfangen mußte, und der hatte sich in aller Ruhe damit abgefunden. Wenn er einen großen Block schnitt oder ihn längs durchsägte, fing er stets ein neues Lied an, in dem ein ganzes Geschichtchen vorkam, das er immer in zwanzig oder dreißig Strophen dichtete, je nachdem es mit seiner Arbeit vorwärtsging.

Manchmal sagte er zu mir, ich solle mit Pierrette vor ihm auf und abgehn, und er ließ uns zusammen singen, indem er uns mehrstimmigen Gesang lehrte, dann machte es ihm Spaß, mich vor Pierretten, die Hand auf ihrem Herzen, hinknien zu lassen, und er schuf die Worte für eine kleine Szene, welche wir nachsprechen mußten. Das hinderte ihn aber nicht, sein Handwerk gut zu verstehen, denn es verging kein Jahr und er wurde Maurermeister. Mit Winkelmaß und Klöppel mußte er seine arme Mutter und zwei kleine Brüder ernähren, die manchmal kamen, um mit uns ihm bei der Arbeit zuzusehn. Wenn er all seine kleine Gesellschaft um sich versammelt sah, gab ihm das Mut und machte ihn fröhlich. Wir nannten ihn Michel; doch um Ihnen sofort die Wahrheit zu sagen, er hieß Michel Jean Sédaine.«

5. Ein Seufzer

»Ach,« sagte ich, »da ist ein Poet ja sehr an seinem Platze ...«

Das junge Wesen und der Unteroffizier sahen sich an; es mochte sie betrüben, daß ihr guter Vater unterbrochen wurde; der würdige Adjutant aber fuhr mit der Erzählung seiner Geschichte fort, nachdem er die schwarze Kravatte, die er trug und die mit einer streng militärisch befestigten weißen Kravatte gefüttert war, auf jeder Seite hochgezupft hatte.

6. Die rosa Dame

»Eins erscheint mir als ganz gewiß, meine lieben Kinder,« sagte er, sich nach seiner Tochter Seite hin wendend, »daß nämlich die Vorsehung in ihrer Güte mein Leben so, wie es gewesen ist, zimmerte. In den zahllosen Stürmen, die es aufpeitschten, hab' ich – und das kann ich angesichts der ganzen Welt sagen – mich immer wieder auf Gott verlassen und seiner Hilfe geharrt, nachdem ich mir selbst mit allen meinen Kräften zu helfen gesucht hatte. Auch habe ich, das sag' ich Euch, wenn ich auf erregten Fluten wandelte, nicht verdient, kleingläubig wie der Apostel genannt zu werden, und wenn mein Fuß strauchelte, hob ich meine Augen gen Himmel und ward wieder aufgerichtet.«

(Hier blickte ich Timoléon an ... »Der ist besser als wir,« sagte ich leise.)

Er fuhr fort:

»Der Herr Pfarrer von Montreuil liebte mich sehr, und behandelte mich mit so väterlicher Freundschaft, daß ich ganz vergaß, woran er mich immer wieder erinnerte, daß ich von einem armen Bauer und einer armen Bäuerin, die fast gleichzeitig von den Blattern hinweggerafft wurden und die ich nicht einmal gesehn hatte, in die Welt gesetzt worden war. Mit sechzehn Jahren war ich ungesittet und einfältig, konnte aber ein bißchen Latein, verstand viel von Musik und war in allen möglichen Gärtnerarbeiten ziemlich geschickt. Sehr friedlich und glücklich verstrich mein Leben, weil Pierrette immer da war, und sie schaute mir beim Arbeiten stets zu, ohne indessen viel mit ihr zu reden.

Eines Tages stutzte ich die Zweige einer der Parkbuchen, und als ich ein kleines Reisigbündel zusammenband, sagte Pierrette zu mir:

»O, Mathurin, ich hab' Bange. Da kommen zwei hübsche Damen vom Alleeende her auf uns zu. Was sollen wir nur tun?«

Ich blickte hin und sah tatsächlich zwei junge Damen, die schnell, ohne sich den Arm zu reichen, über die trockenen Blätter gingen. Eine war etwas größer als die andere und in ein einfaches Gewand aus rosa Seide gekleidet. Sie lief mehr als sie ging und die andere schritt, ob sie gleich sie begleitete, fast hinter ihr.

Instinktiv wurde ich wie ein armer kleiner Bauer, der ich ja auch war, von Schrecken gepackt und sagte zu Pierretten:

»Retten wir uns!«

Aber bah, dazu hatten wir keine Zeit; und was meine Angst verdoppelte, war, daß ich die rosa Dame Pierretten ein Zeichen geben sah; die wurde über und über rot, wagte sich nicht zu rühren und faßte mich schnell bei der Hand, um sich Mut zu machen. Ich nahm meine Mütze ab und lehnte mich ganz verdutzt gegen den Baum.

Als die rosa Dame bei uns angekommen war, ging sie gerade auf Pierretten zu und faßte sie ohne Umschweife unters Kinn, um sie der anderen Dame zu zeigen, und sprudelte hervor:

»Nun, ich sagte es Ihnen ja, das ist mein Milchmädchenkostüm für Donnerstag... Ein hübsches kleines Mädchen das! Mein Kind, Du sollst all Deine Kleider, die Du hier anhast, den Leuten geben, die sie von mir aus bei Dir abholen werden, nicht wahr? Dafür will ich Dir meine schicken.«

»O gnädige Frau,« sagte Pierrette zurückweichend.

Die andere junge Dame begann mit feiner, zärtlicher und melancholischer Miene, deren rührender Ausdruck mir unvergeßlich ist, zu lächeln. Mit gesenktem Haupte näherte sie sich, faßte Pierrette sanft bei ihrem bloßen Arme und erklärte ihr, sie solle nur näher kommen und alle Welt müsse der Dame da zu Willen sein.

»Laß es Dir nicht einfallen an Deinem Anzüge etwas zu ändern, meine schöne Kleine,« fuhr die rosa Dame fort, indem sie ihr mit einem dünnen Spazierstöckchen mit Goldknopf drohte, den sie in der Hand hielt. »Das ist ein großer Bursche, der wohl Soldat wird, und ich werd Euch miteinander verheiraten.«

So schön war sie, daß ich, dessen erinnere ich mich genau, sehr versucht war, mich vor ihr auf die Knie niederzulassen; Sie werden darüber lachen, wie ich seitdem oft bei mir selber darüber gelacht habe; wenn Sie sie aber gesehn hätten, würden Sie begreiflich finden, was ich sage. Wie eine kleine sehr gütige Fee sah sie aus.

Sie sprach schnell und heiter und versetzte Pierretten einen leichten Klaps auf die Wange, dann ließ sie uns beide ganz wortlos und ganz verdutzt zurück; wir wußten nicht, was wir tun sollten, und sahen die beiden Damen die Seitenallee von Montreuil verfolgen und hinter dem kleinen Gehölz in den Park einbiegen.

Dann blickten wir uns an und gingen, immer Hand in Hand gehend, zu dem Pfarrer; wir sagten nichts, waren aber recht zufrieden.

Pierrette war ganz rot und ich senkte den Kopf. Er fragte uns, was wir hätten, und ich sagte mit tiefem Ernst zu ihm:

»Herr Pfarrer, ich will Soldat werden.«

Er meinte darüber schier auf den Rücken zu fallen, er, der mir Solfeggien beigebracht hatte!

»Wie, liebes Kind,« sagte er zu mir, »Du willst mich verlassen? Ach, mein Gott! Pierrette, was hat man ihm denn getan, daß er Soldat werden möchte? Liebst Du mich etwa nicht mehr, Mathurin? Liebst Du vielleicht Pierretten nicht mehr ? Sag, was haben wir Dir denn getan ? Und was willst Du mit der schönen Erziehung anfangen, die ich Dir hab' zuteil werden lassen ? Das wäre wahrlich viel verlorene Zeit. Aber antworte doch, böser Junge,« fügte er, mich am Arme schüttelnd, hinzu.

Ich kratzte mir den Kopf und sagte immer nur, meine Holzpantinen anblickend:

»Ich will Soldat werden.«

Pierrettens Mutter brachte dem Herrn Pfarrer ein großes Glas kaltes Wasser, weil er ganz rot geworden war, und sie hub zu weinen an.

Pierrette weinte auch und wagte nichts zu sagen; doch war sie nicht ärgerlich auf mich, weil sie sehr wohl wußte, daß ich, um sie heiraten zu können, fort wollte.

In diesem Augenblick traten zwei große gepuderte Lakeien mit einer Kammerfrau ein, die wie eine große Dame aussah, und fragten, ob die Kleine die Sachen, welche die Königin und die Frau Prinzessin von Lamballe verlangt hätten, fertig gemacht hätte.

Der arme Pfarrer stand so verwirrt auf, daß er sich nicht eine Minute auf den Beinen halten konnte, und Pierrette und ihre Mutter zitterten so heftig, daß sie eine Kassette, die man ihnen für das enganliegende Kleid und die Haube schickte, nicht zu öffnen wagten, und machten sich an das Umkleiden, beinahe so, wie wenn man sich für die Hinrichtung anzieht.

Als der Pfarrer allein mit mir war, fragte er mich, was geschehen sei, und ich sagte ihm alles, was ich Euch erzählt habe, nur etwas kürzer.

»Und deshalb willst Du fort, mein Kind?« fragte er mich, mich mit beiden Händen heranziehend, »aber bedenke doch, daß die höchste Dame Europas nur zur Zerstreuung so mit einem kleinen Bauernjungen wie Dir gesprochen und sicher schon nicht mehr weiß, was sie Dir sagte. Wenn man ihr erzählt, Du hättest das für einen Befehl oder für ein Horoskop gehalten, würde sie sagen, Du seist ein großer Einfaltspinsel, und Du könntest Dein ganzes Leben lang Gärtner bleiben, ihr sei das gleich. Was Du als Gärtner verdienst, und was Du verdienen wirst, wenn Du in Vokalmusik unterrichtest, gehört Dir, mein Freund; was Du dagegen in einem Regimente verdienen wirst, wird Dir nicht gehören und bei tausend Gelegenheiten wirst Du es in Vergnügungen verschwenden, die von Sitte und Religion verboten sind; alle guten Grundsätze, die ich Dir beigebracht habe, wirst Du vergessen und ich werde Deinetwegen erröten müssen. Zurückkommen wirst Du, (wenn Du je zurückkommst) mit einem anderen Charakter als dem, den Du bei Deiner Geburt mitgekriegt hast. Du warst sanft, bescheiden gelehrig, wirst roh, schamlos und laut werden. Die kleine Pierrette wird gewißlich niemals einwilligen, eines üblen Burschen Frau zu werden, und ihre Mutter wird sie daran hindern, wenn sie es doch werden wollte; und ich, was werd' ich für Dich tun können, wenn Du die Vorsehung gänzlich vergissest ? Siehst Du: Du wirst die Vorsehung vergessen, und ich versichere Dir, daran wirst Du zugrunde gehn.«

Die Augen auf meine Holzpantinen geheftet, stand ich mit gerunzelten Augenbrauen und ein schiefes Gesicht ziehend da, kratzte mir den Kopf und erklärte:

»Das ist gleich, ich will Soldat sein.«

Der gute Pfarrer fackelte nicht längerer machte die Tür ganz weit auf und wies mir traurig die Hauptstraße.

Ich verstand sein Gebärdenspiel und ging hinaus. An seiner Statt würd' ich sicherlich genau so gehandelt haben. Doch so denke ich jetzt, an jenem Tage dachte ich nicht so. Ich setzte meine Baumwollmütze aufs rechte Ohr, krämpelte meinen Kittelkragen auf, nahm meinen Stock und ging geraden Wegs, ohne einem Menschen Lebewohl zu sagen, in eine kleine Schenke an der Versailler Landstraße.

7. Feuerstellung in erster Reihe

In dieser kleinen Schenke traf ich drei wackere Männer, deren Hüte mit goldenen Borden besetzt waren, in weißer Uniform mit rosa Aufschlägen, mit schwarzen hochgewichsten Schnurbärten und ganz schneeweiß gepuderten Haaren; die sprachen ebenso schnell wie Marktschreier. Diese drei Wackeren waren ehrsame Werber. Sie sagten zu mir, ich brauchte nur mit ihnen zu Tisch zu gehn, um einen richtigen Begriff von dem vollkommenen Glücke zu kriegen, dessen man sich immerdar im Leibregiment Auvergne erfreue. Sie setzten mir gebratne Hähnchen, Rehrücken und Rebhühner vor, ließen mich Bordeaux- und Champagnerwein und ausgezeichneten Kaffee trinken und schwuren mir auf Ehre, daß ich im Leibregiment Auvergne nie etwas anderes vorgesetzt kriegte.

Später sah ich denn auch klar und deutlich, daß sie die Wahrheit gesagt hatten!

Sie schwuren mir auch, denn sie schwuren in einem fort, daß man sich im Leibregiment Auvergne der süßesten Freiheit erfreue, daß einfache Soldaten dort unvergleichlich viel besser dran seien als die Hauptleute anderer Korps; daß man dort den angenehmsten Umgang mit Männern und schönen Damen habe, daß man da viel Musik mache und die hochschätze, welche Klavier spielten.

Letzter Umstand sorgte dafür, daß ich mich entschied.

Folgenden Morgens hatt' ich also die Ehre, Soldat des Leibregiments Auvergne zu sein. Wahrlich, es war ein sehr schönes Korps, doch sah ich weder Pierretten noch den Herrn Pfarrer mehr. Ich forderte ein Hühnchen zum Mittag, man gab mir jene angenehme Mischung von Kartoffeln, Hammelfleisch und Brot zu essen, die man Schlangenfraß nannte, nennt und sonder Zweifel immer nennen wird.

Man brachte mir die Haltung eines unbewaffneten Soldaten mit solcher Vollendung bei, daß ich später dem Zeichner als Vorbild diente, welcher die Stiche zum Exerzierreglement von Siebzehnhunderteinundneunzig herstellte, ein Reglement, das, wie Sie ja wissen, Herr Leutnant, ein Meisterwerk der Genauigkeit ist. Man brachte mir Exerzieren und Schießen in der Weise bei, daß ich das

Laden mit zwölf Handgriffen, schnelles Laden und Laden nach Gutdünken ausführen konnte, indem ich die Bewegungen nach dem Takte zählte oder sie auch nicht zählte, und zwar ebenso vollkommen wie der straffste der Korporale des Königs von Preußen, Friedrichs des Großen, dessen sich die Veteranen noch mit der Rührung von Leuten erinnerten, welche die lieben, mit denen sie sich geschlagen haben. Man erwies mir die Ehre und versprach mir, wenn ich mich gut aufführte, würd' ich schließlich in der ersten Grenadierkompagnie aufgenommen werden.

Bald hatte ich einen gepuderten Zopf, der auf meinen ziemlich anständigen weißen Rock hinunterhing; doch sah ich weder Pierretten noch ihre Mutter, noch den Herrn Pfarrer von Montreuil jemals und machte auch keine Musik.

Als ich eines schönen Tages in der nämlichen Kaserne, in der wir hier sind, Arrest hatte, weil ich in der Waffenhandhabung drei Fehler gemacht, ließ man mich Feuerstellung in erster Reihe, ein Knie auf dem Pflaster, üben. Mir gegenüber hatte ich eine blendende und köstliche Sonne. Ich war gezwungen das Gewehr in vollkommener Unbeweglichkeit anzulegen, bis die Ermüdung mich nötigte, die Arme wie beim Aderlaß zu beugen; und angefeuert, meine Waffe so zu halten, wurde ich durch eines ehrenwerten Korporals Anwesenheit, der mein Bajonett, wenn es sich senkte, mit seinem Flintenkolben dann und wann in die Höhe praktizierte; es war das eine kleine Strafe von Herrn von Saint-Germains Erfindung.

Seit zwanzig Minuten bemühte ich mich in dieser Stellung die höchst mögliche Stufe der Versteinerung zu erreichen, als ich vor meinem Flintenlauf des Steinmetzen Michels, meines guten Freundes sanftes und friedliches Gesicht erblickte.

»Du kommst gerade zur rechten Zeit, mein Freund,« sagte ich zu ihm, »und würdest mir einen großen Dienst erweisen, wenn Du, ohne daß man es merkte, Deinen Stock einen Augenblick unter mein Bajonett schöbest. Meine Arme würden sich besser und Dein Stock nicht schlechter dabei befinden.«

»Ach, Mathurin, mein Freund,« sagte er, »arg bist Du ja dafür gestraft worden, daß Du Montreuil verließest; des guten Pfarrers Ratschläge und Unterrichtsstunden mußt Du entbehren, und gänzlich hast Du jene Musik vergessen, die Du so sehr liebtest und die der Parademarsch sicherlich nicht aufwiegt.«

»Das ist gleich,« sagte ich, meines Flintenrohrs Ende aufhebend und aus Stolz von seinem Stocke herunternehmend, »das ist gleich, man hat so seine Gedanken.«

»Du wirst nun nicht mehr Spaliere und schöne Pfirsiche mit Deiner Pierette pflegen, die ebenso frisch ist wie sie, und deren Lippen ebensolch leichten Flaum wie sie tragen.«

»Das ist gleich,« sagte ich, »ich habe so meine Gedanken.«

»Recht lange wirst Du so auf den Knien liegen und mit einem Schießprügel auf nichts zielen, eh' Du auch nur Korporal wirst.«

»Das ist gleich,« erwiderte ich abermals, »wenn ich auch langsam vorankomme, komm' ich doch immerhin vorwärts; für den, der zu warten weiß, kommt alles recht gelegen, wie es heißt; und wenn ich erst Sergeant bin, stelle ich was vor und werde Pierretten heiraten. Ein Sergeant ist ein feiner Herr; und Ehre, wem Ehre gebühret.«

Michel seufzte.

»Ach, Mathurin,« sagte er, »Du bist nicht klug; Du besitzest zuviel Stolz und Ehrgeiz, mein Freund; würdest Du Dich nicht lieber durch einen Stellvertreter ersetzen lassen, wenn jemand einen für Dich bezahlte, und Deine kleine Pierrette heiraten?«

»Michel, Michel,« antwortete ich ihm, »Du bist recht schlecht geworden in der Welt. Ich weiß nicht, was Du in ihr tust, und Du siehst nicht gerade nach einem Maurer aus, da Du statt eines Rocks einen Taffetanzug trägst. Das aber würdest Du nicht zu der Zeit gesagt haben, wo Du mir immer wiederholtest: Sein Schicksal muß man selber zimmern... Ich will mich nicht mit dem Gelde anderer Leute verheiraten und zimmere mir, wie Du ja siehst, mein Los selbst... Übrigens hat mir die Königin das in den Kopf gesetzt und die Königin kann sich nicht irren, wenn sie beurteilt, was wohlgetan ist. Sie hat selber gesagt: Er wird Soldat und ich werde sie miteinander verheiraten; sie hat nicht gesagt: er wird wiederkommen, wenn er Soldat gewesen ist.«

»Wenn zufälligerweise die Königin«, sagte er zu mir, »Dir etwas geben wollte, damit Du Dich verheiraten könntest, würdest Du es dann annehmen?«

»Nein, Michel, ich würde ihr Geld nicht nehmen, wenn sie so lächerlich wäre und das wollte.«

»Und wenn Pierrette ihre Mitgift selber verdiente?« fuhr er fort.

»Ja, Michel, dann würd' ich sie sofort heiraten,« sagte ich.

Der gute Junge sah ganz gerührt aus.

»Gut,« erwiderte er, »das will ich der Königin sagen.«

»Bist Du närrisch,« sagte ich, »oder bist Du gar ein Diener ihres Hauses?«

»Weder das eine noch das andere, Mathurin, ob ich gleich keine Steine mehr schneide.« »Was schneidest Du denn?« fragte ich.

»Ach ich schneide Theaterstücke, Papier und Federn zurecht.«

»Bah!« sagte ich, »ist das möglich?«

»Ja, mein Kind, ich mache kleine, ganz einfache und leichtverständliche Stücke. Du sollst das schon mal sehn ...«

»Wahrlich,« sagte Timoléon, den Adjutanten unterbrechend, »des guten Sédaine Werke behandeln keine höchst schwierige Fragen; in ihnen stößt man auf keine Synthese des Endlichen und Unendlichen, der Endzwecke, der Gedankenverkettung und persönlichen Identität; in ihnen bringt man keine Könige oder Königinnen durch Gift oder Beil um, sie führen keine tönenden Namen, die mit philosophischem Beiwerk umkleidet sind, sondern heißen: »Blasius,« »das verlorene Lamm,« »der Deserteur«; oder auch wohl »der Gärtner und sein Herr,« »die unvorhergesehene Wette.« Ihre Personen sind ganz einfache Leute, sprechen wahr und sind ohne es zu wissen Philosophen, wie Sédaine selber, den ich für größer halte, als man es tat.«

Ich antwortete nichts.

Der Adjutant fuhr fort:

»Schön; desto besser,« sagte ich, »lieber will ich Dich so etwas machen sehn als Steine schneiden.« »Ach, was ich damals baute, war mehr wert, als was ich jetzt zimmere. Das unterlag nicht der Mode und wird länger aufrecht stehn. Doch wenn es einfällt, könnte es wen zermalmen, während das, was ich jetzt mache, wenn es einstürzt, keinem Menschen wehe tut.

»Das ist gleich, ich bin immer sehr froh,« sagte ich...

Das heißt, ich wollte es sagen, denn der Korporal versetzte Michels Stock einen so furchtbaren Kolbenhieb, daß er da unten hinflog, sehen Sie, da unten nach dem Pulvermagazin hin.

Gleichzeitig brummte er der Wache, die einen Zivilisten hereingelassen hatte, sechs Tage Arrest auf.

Sédaine begriff wohl, daß er fortgehn müsse; er hob friedlich seinen Stock auf und sagte zu mir, als er sich nach der Waldseite entfernte:

»Sei versichert, Mathurin, all das werde ich der Königin erzählen.«

8. Eine Sitzung

Meine kleine Pierrette war ein schönes Mädchen von entschlosse-
nem, ruhigem und ehrbarem Charakter. Sie ließ sich nicht so leicht
aus der Fassung bringen, und seitdem sie mit der Königin gesprochen hatte, ließ sie sich nicht mehr ganz einfach sagen, was man zu
tun habe. Sie erklärte dem Herrn Pfarrer und seiner Köchin kurz,
ganz so als ob ich nicht für lange, wenn nicht gar fürs ganze Leben
vor die Tür geworfen worden wäre, daß sie Mathurin heiraten wolle, und stand des Nachts auf, um an ihrer Aussteuer zu arbeiten.

Eines Tages (am Ostermontag war's, sie hat sich stets daran erin-
nert, die arme Pierrette, und hat's mir oft erzählt), eines Tages also
saß sie vor des Herrn Pfarrers Haustüre und arbeitete und sang, als
ob nichts vorgefallen wäre, da sah sie schnell, ganz schnell eine
schöne Karosse herankommen, deren sechs Pferde in wunderbarem
Zug auf der Allee trabten. Darauf saßen zwei kleine gepuderte Ro-
sapostillons, die sehr hübsch und so klein waren, daß man von weitem nur ihre hohen Stulpenstiefel sah. An ihrem Busenstreifen trugen sie dicke Sträuße und an ihrem Ohr trugen die Pferde auch
dicke Sträuße. Geschah es nicht, daß der Stallmeister, welcher vor
den Pferden herritt, just vor des Herrn Pfarrers Türe anhielt, wo der
Wagen ebenfalls haltzumachen und sich sperrangelweit aufzutun
geruhte ? Es saß niemand drin. Als Pierrette mit großen Augen um
sich schaute, riß der Stallmeister sehr höflich seinen Hut herunter
und bat, sie möchte die Güte haben und in die Karosse steigen.
Meinen Sie etwa, daß Pierrette Umstände machte ? Durchaus nicht;
dafür besaß sie zuviel gesunden Menschenverstand. Sie fuhr ganz
einfach aus ihren beiden Holzpantinen, die sie auf der Türschwelle
stehen ließ, zog ihre Silberschnallenschuhe an, legte ihre Handarbeit
sorgsam zusammen und stieg in die Karosse, indem sie sich auf des
Lakaien Arm stützte, wie wenn sie in ihrem Leben nichts anderes
getan hätte, denn, nachdem sie ihr Kleid mit der Königin getauscht,
hielt sie sich zu allem fähig.

Oft hat sie mir erzählt, daß sie im Wagen zwei große Ängste aus-
gestanden: erstens, weil man so schnell fuhr, daß die Bäume der
Montreuiler Allee einander wie närrisch nachzulaufen schienen;
zweitens, weil sie meinte, wenn sie sich auf die weißen Karossen-

kissen setzte, ließe sie dort gewißlich einen blaugelben Flecken von ihres Rockes Farbe zurück. Drum hob sie ihn bis zu den Falten auf und hielt sich kerzengrade am Kissenrande. In keiner Weise war sie durch ihr Abenteuer beunruhigt; sie sagte sich ganz einfach, unter solchen Umständen wäre es gut, das, was alle Welt wolle, freiwillig und ohne zu zaudern zu tun.

Im richtigen Gefühle ihrer Lage, das ihr eine glückliche, sanfte und in allen Dingen für das Gute und Wahre eingenommene Natur verliehen, ließ sie sich ohne weiteres von dem Stallmeister den Arm reichen und in die goldenen Gemächer von Trianon geleiten, wo sie einzig Sorge trug, in Rücksicht auf das Parkett aus Zitronenholz und indischen Hölzern, die sie mit ihren Schuhen zu zerkratzen fürchtete, auf den Zehenspitzen zu gehen.

Ehe sie das letzte Zimmer betrat, hörte sie ein munteres Lachen zweier sehr sanfter Stimmen, das sie wohl ein bißchen einschüchterte und ihr Herz recht lebhaft pochen machte; beim Eintreten aber fühlte sie sich gleich wieder sicher, es war ja nur ihre Freundin, die Königin.

Frau von Lamballe war bei ihr, saß aber in einer Fensternische und vor einem Pult für Miniaturmalerei. Auf dem grünen Bezug des Pultes lag eine vollständig vorbereitete Elfenbeinplatte; bei der Elfenbeinplatte Pinsel; bei den Pinseln stand ein Glas Wasser.

»Ach, sie ist da!« rief die Königin mit Feiertagsmiene und lief zu ihr, um sie bei beiden Händen zu fassen.

»Wie frisch sie ist, wie hübsch sie ist! Welch niedliches kleines Modell das für Sie ist! Auf denn, treffen Sie sie ja recht gut, Frau von Lamballe... Setz' Dich dorthin, mein Kind.«

Und die schöne Marie Antoinette zwang sie auf einen Stuhl nieder. Pierrette war ganz sprachlos, und ihr Stuhl war so hoch, daß ihre kleinen Füße herunterhingen und baumelten.

»Aber sehn Sie doch, wie gut sie sich benimmt,« fuhr die Königin fort, »sie läßt sich nicht zweimal sagen, was man will; ich wette, sie hat Geist. Halt Dich grade, mein Kind, und hör' mir zu. Es werden zwei Herrn hierher kommen. Ob Du sie kennst oder nicht, bleibt sich gleich und braucht Dich nicht zu kümmern. Du sollst alles tun, was sie Dich heißen. Ich weiß, Du singst, und Du wirst singen.

Wenn sie Dir sagen, Du sollst so eintreten und hinausgehn, gehn und kommen, wirst Du so eintreten, hinausgehn, gehn und ganz genau so kommen, hörst Du? All das geschieht zu Deinem Besten. Die gnädige Frau und ich werden ihnen helfen Dir etwas beizubringen, worauf ich mich gut verstehe, und für unsere Mühen verlangen wir nichts weiter von Dir, als daß Du alle Tage eine Stunde vor der gnädigen Frau sitzest; das wird Dich nicht allzu sehr betrüben, nicht wahr?«

Pierrette antwortete nur, indem sie bei jedem Worte rot und blaß wurde; war aber so zufrieden, daß sie die kleine Königin am liebsten wie eine Kameradin umarmt hätte.

Als sie, die Augen auf die Tür gerichtet, posierte, sah sie zwei Männer hereinkommen, von denen einer dick, einer groß war. Als sie den großen erblickte, konnte sie nicht umhin zu rufen: »Aber das ist ja …«

Doch biß sie sich auf den Finger, um sich zum Schweigen zu bringen.

»Nun, wie finden Sie sie, meine Herrn,« fragte die Königin, »hab' ich mich getäuscht?«

»Ist sie nicht ›Rose‹; selber?« fragte Sédaine.

»Eine einzige Note, Majestät,« sagte der dickere der beiden, »und ich werde wissen, ob sie auch Monsignys Rose ist, wie sie die Sédainesche ist.«

»Hören Sie, meine Kleine, wiederholen Sie die Tonleiter hier,« sagte Grétry, ut, mi, fa, so singend. Pierrette wiederholte sie.

»Sie hat eine göttliche Stimme, Majestät«, erklärte er.

Die Königin klatschte in die Hände und sprang auf.

»Sie wird ihre Mitgift gewinnen«, rief sie.

9. Ein schöner Abend

Hier nippte der ehrenwerte Adjutant ein wenig an seinem kleinen Absynthglase, indem er uns zu gleichem Tun aufforderte, und nachdem er seinen weißen Schnauzbart mit einem roten Taschentuche abgewischt und es einen Augenblick in seinen derben Fingern herumgedreht hatte, fuhr er so fort:

»Wenn ich mich auf Überraschungen verstünde, Herr Leutnant, wie man es in den Büchern tut, wo man die Leute auf das Ende einer Geschichte warten läßt, indem man das Zuckerzeug vor sie hinhält, sie es mit dem Lippenrande kosten läßt und es ihnen wieder fortnimmt, um es ihnen schließlich dann zum Verspeisen zu geben, würde ich Ihnen meine Fortsetzung in origineller Weise erzählen. Doch geh ich lieber ganz einfach aufs Ziel los, wie mein Leben tagtäglich gewesen ist, und will Ihnen sagen, daß ich seit der Stunde, wo mein armer Michel mich hier in Vincennes besucht und in Feuerstellung in erster Reihe gefunden hatte, in lächerlicher Weise abmagerte, weil ich nicht mehr von unserer kleinen Montreuiler Familie sprechen hörte und schließlich dachte, Pierrette habe mich vollständig vergessen.

Das Regiment Auvergne war seit drei Monaten in Orleans und Heimweh kam über mich. Zusehends wurde ich gelb und konnte meine Flinte schon nicht mehr halten. Meine Kameraden fingen an mich groß zu verachten, wie man hier doch jede Krankheit, Sie wissen es ja, verachtet.

Einige gab's, die mich geringschätzten, weil sie mich für sehr krank hielten, andere, weil sie behaupteten, daß ich mich nur verstelle; in letzterem Falle blieb mir nichts anderes übrig, wie zu sterben, um ihnen zu beweisen, daß ich die Wahrheit sagte, da ich mich nicht wieder aufrappeln konnte, aber auch nicht so schlecht fühlte, daß ich mich hätte zu Bett legen müssen; eine ärgerliche Lage war's...

Eines Tages suchte mich ein Offizier meiner Kompagnie auf und sagte zu mir:

»Mathurin, Du kannst ja lesen, lies mir das da mal vor.«

Und er führte mich auf den Jeanne d'Arcplatz, einen Platz, der mir teuer ist, wo ich eine große Theaterankündigung las, auf welcher man folgendes gedruckt sah:

Auf allerhöchsten Befehl.

Nächsten Montag außerordentliche Vorstellung von »Irene«, neuem Stück des Herrn von Voltaire und von »Rose und Colas« des Herrn Sédaine, Musik von Herrn Monsigny, zum Besten von Fräulein Colombe, berühmter Sängerin der Comédie Italienne, welche im zweiten Stücke auftreten wird. Ihre Majestät die Königin hat zu versprechen geruht, daß sie das Schauspiel mit ihrer Gegenwart beehren würde.

»Nun,« sagte ich, »Herr Hauptmann, was habe ich damit zu schaffen?«

»Du bist ein guter Untertan,« sagte er zu mir, »bist ein hübscher Junge, ich werde Dich pudern und frisieren lassen, um Dir ein etwas besseres Aussehn zu geben, und Du sollst Wache vor der Königin Logentüre stehn.«

Wie gesagt, so getan. Als die Schauspielstunde gekommen war, stand ich in der Paradeuniform des Regiments Auvergne im Korridor auf einem blauen Teppich inmitten von Blumengirlanden und Rosenkränzen, die man überall aufgehängt hatte, und blühende Lilien gab's auf jeder Treppenstufe des Theaters. Mit freudig erregter Miene lief der Direktor nach allen Seiten. Er war ein kleiner dicker und roter Mann in himmelblauem seidenem Anzuge mit üppigem und aufgeplustertem Busenstreifen. Er haspelte sich in jeder Beziehung ab, stürzte in einem fort ans Fenster und rief:

»Das hier ist der Frau Herzogin von Montmorency Livree, das der Läufer des Herrn Herzogs von Lauzun; der Herr Prinz von Guéménée trifft soeben ein; Herr von Lambesc kommt hinter ihm her. Haben Sie gesehn? Wissen Sie's? Wie gut die Königin ist... Wie gut die Königin ist!«

Außer sich kam und ging er, suchte Grétry, und stand ihm dann auf dem Korridor gegenüber, gerade vor mir.

»Sagen Sie mir, Herr Grétry, mein lieber Herr Grétry, sagen Sie mir, inständig bitte ich Sie darum, kann ich denn die berühmte

Sängerin, die Sie bringen, nicht sehn ? Sicherlich ist es einem so unwissenden und ungebildeten Manne wie mir nicht erlaubt, den leichtesten Zweifel an ihrem Talente zu hegen, aber nochmals, gern möcht' ich von Ihnen wissen, ob auch ja nicht zu befürchten steht, daß die Königin unzufrieden. Man hat keine Probe gehalten ...«

»Ach, ach,« antwortete Grétry mit spöttischer Miene, »unmöglich kann ich Ihnen darauf antworten, mein lieber Herr; was ich Ihnen aber versichern kann, ist, daß Sie sie nicht vorher sehn werden. Eine Schauspielerin wie sie, mein Herr, ist ein verwöhntes Wesen. Zu Gesicht werden Sie sie aber kriegen, wenn sie auftritt. Wenn es übrigens eine andere Künstlerin als Fräulein Colombe wäre, was täte Ihnen das?«

»Wie, mein Herr, ich, Direktor des Orleanser Theaters, sollte nicht das Recht besitzen...?« fuhr er, seine Backen aufblasend, fort.

»Kein Recht, mein wackerer Direktor«, sagte Grétry. »He, wie können Sie auch nur einen Augenblick an einem Talente zweifeln, für das Sédaine und ich einstehn?« fuhr er mit etwas mehr Ernst fort.

Ich war sehr froh, als ich den Namen mit einigem Gewicht angeführt werden hörte, und schenkte dem Gespräch größere Aufmerksamkeit.

Als ein Mann, der sich auf seinen Beruf verstand, wollte der Direktor den Umstand ausnutzen.

»Aber rechnet man mich denn für nichts?« sagte er; »nach was seh' ich denn aus? Ich hab' mein Theater mit unsäglichem Vergnügen hergeliehen, bin zu glücklich, die erlauchte Fürstin zu sehen, die ...«

»Hören Sie übrigens,« sagte Grétry, »ich soll Ihnen mitteilen, daß die Königin Ihnen eine der halben gewöhnlichen Einnahme gleiche Summe einhändigen lassen wird.«

Der Direktor dienerte, immer rückwärts weichend, voll tiefer Entrüstung, worin sich aber das Vergnügen kund tat, das ihm diese Nachricht bereitete.

»Pfui doch, mein Herr, pfui doch! Trotz der Ehrfurcht, mit der ich solche Gunst entgegennehmen werde, spreche ich nicht darüber;

doch Sie haben mich auf nichts hoffen lassen, was von Ihrem Genie herrührt und ...«

»Wissen Sie auch, daß Rede davon ist, daß Sie die Comédie Italienne in Paris leiten sollen ?«

»Ach, Herr Grétry ...«

»Man spricht bei Hofe von Ihrem Verdienste; alle Welt liebt Sie dort sehr, und um deswillen hat die Königin Ihr Theater sehn wollen. Ein Direktor ist die Seele des Ganzen; von ihm geht das Genie der Autoren, das der Komponisten, der Schauspieler, der Dekorateure, der Maler, der Beleuchter und der Auskehrer aus; er ist der Anfang und das Ende von allem; die Königin weiß das ganz genau. Sie haben Ihre Plätze zum dreifachen Preise verkauft, hoff ich?«

»Teurer noch, Herr Grétry; sie kosten einen Louis; ich konnte es dem Hofe gegenüber doch nicht an Respekt fehlen lassen und sie billiger abgeben.«

In diesem Augenblicke tönte alles von lautem Pferdegetrappel und lauten Freudenrufen wieder und die Königin kam so schnell herein, daß ich kaum zum Gewehrpräsentieren Zeit hatte, ebenso ging's auch der Wache neben mir. Schöne parfümierte Herren folgten ihr und auch eine junge Frau, in welcher ich die wiedererkannte, die sie in Montreuil begleitete.

Das Schauspiel fing sofort an. Le Kain und fünf andere Schauspieler der Comédie Francaise waren gekommen, um die Tragödie »Irene« zu spielen, und ich merkte, daß die Tragödie ihren Gang nahm, obwohl die Königin all die Zeit über, die sie währte, redete und lachte. Aus Ehrfurcht vor ihr spendete man keinen Beifall, wie es, glaub' ich, noch bei Hofe üblich ist. Als aber die komische Oper an die Reihe kam, sagte sie nichts mehr, und kein Mensch flüsterte in ihrer Loge.

Plötzlich hörte ich eine schöne Frauenstimme, die sich auf der Bühne erhob und mir das Herz im Leibe umdrehte; ich bebte und mußte mich auf meine Flinte stützen. Nur eine solche Stimme gab's auf der Welt, eine Stimme, die aus dem Herzen kam und wie eine Harfe, eine Stimme der Leidenschaft, in der Brust widerhallte.

Mein Ohr an die Tür legend, lauschte ich und durch den Gazevorhang des kleinen Logenfensters sah ich die Schauspieler und das Stück, das sie gaben.

Da stand eine kleine Person und sang:

> Ein liebes Vögelein,
> Grau wie ein Mäuschen klein,
> Macht für die Jungen sein
> Zierlich und fein
> Ein Nestelein ...

Und zu ihrem Liebsten sagte sie:

»Lieb mich, lieb mich, König mein!«

Und als der sich ins Fenster gesetzt hatte, kriegte sie Angst, ihr Vater möchte aus dem Schlafe erwachen und Colas sehen; und sie wechselte den Refrain des Liedes und sagte:

»Daß man's nicht sieht, zurück das Bein.«

Ein ungewöhnlicher Schauder überlief mich, als ich sah, bis zu welchem Grade diese Rose Pierrette glich; es war ihre Figur, war ihr eigenes Kleid, ihr rotblauer Überwurf, ihr weißer Rock, ihre beherzte und naive niedliche Miene, ihre so schön geformten Beine und ihre kleinen Silberschnallenschuhe samt ihren rotblauen Strümpfen.

»Mein Gott,« sagte ich mir, »wie geschickt müssen Schauspielerinnen sein, daß sie so ohne weiteres anderer Menschen Mienen anzunehmen wissen! Das ist das berühmte Fräulein Colombe, die in einem schönen Hotel wohnt, die mit der Post hierhergekommen ist, mehrere Lakaien hat und in Paris wie eine Herzogin angezogen geht, und sieht doch Pierretten so ähnlich! Doch merkt man auch gleich wieder, daß sie's nicht ist. Meine arme Pierrette singt nicht so schön, obwohl ihre Stimme mindestens ebenso hübsch ist.

Und doch konnte ich's nicht lassen, immer mußte ich durch das Glas schauen, und harrte dort, bis man mir die Türe derb gegen den Schädel stieß. Der Königin war es zu warm geworden, und sie wünschte, daß ihre Loge geöffnet würde. Ich hörte ihre Stimme, sie sprach lebhaft und laut.

»Ich bin sehr zufrieden; toll wird der König über unser Abenteuer lachen. Der erste Kammerherr mag Fräulein Colombe sagen, sie würde es nicht zu bereuen haben, daß sie mich die Honneurs ihres Namens habe machen lassen.

»O, wie mich das amüsiert!«

»Meine liebe Prinzessin,« sagte sie zu Frau von Lamballe, »alle Leute hier haben wir angeführt... Alle, die hier anwesend sind, begehen, ohne es zu ahnen, eine gute Handlung. Da sind die Leutchen der guten Stadt Orleans begeistert von der großen Sängerin und der ganze Hof möchte ihr Beifall klatschen. Ja, ja, klatschen wir Beifall!«

Gleichzeitig gab sie das Zeichen zum Beifall, und da die Hände des ganzen Saales nun entfesselt waren, ließ man kein Wort der Rose vorübergehn, ohne es nicht rasend zu beklatschen. Die reizende Königin war entzückt.

»Hier gibt es an die dreitausend Liebhaber,« sagte sie zu Herrn von Biron, »doch sind sie dieses Mal in Rose und nicht in mich verliebt.«

Das Stück ging zu Ende und die Frauen warfen ihre Sträuße auf Rose.

»Und wo steckt denn der wirkliche Liebhaber?« fragte die Königin den Herrn Herzog von Lauzun. Der ging aus der Loge und machte meinem Hauptmann, der im Flur herumstenderte, ein Zeichen.

Ein Zittern überkam mich; ich fühlte, daß mir etwas zustoßen sollte, wagte aber nicht, es vorherzusehn oder zu begreifen oder auch nur zu denken.

Mein Hauptmann grüßte tief und sprach leise mit Herrn von Lauzun. Die Königin erblickte mich; ich lehnte mich gegen die Mauer, um nicht umzufallen. Jemand kam die Treppe herauf, und ich sah Michel Sédaine im Gefolge von Grétry und dem wichtigtuerischen und dummen Direktor kommen; sie brachten Pierrette, die wirkliche Pierrette, meine mir gehörende Pierrette, meine Schwester, meine Frau, meine Pierrette von Montreuil.

Der Direktor rief schon von weitem: »Das ist ein feiner Abend ... achtzehntausend Franken!«

Die Königin wandte sich um, faßte Pierrettes Hand und erklärte aus ihrer Loge heraus mit einer Miene, die zugleich voll freimütiger Heiterkeit und wohlwollender Feinheit war:

»Komm, mein Kind,« sagte sie, »in keinem andern Berufe kann man in einer Stunde, ohne zu sündigen, seine Mitgift verdienen, Morgen werd' ich meine Schülerin zum Herrn Pfarrer von Montreuil zurückbringen, der uns allen beiden hoffentlich vergeben wird. Dir wird er doch wohl verzeihen einmal in Deinem Leben Komödie gespielt zu haben; darunter tut's eine anständige Frau nun einmal nicht!«

Dann begrüßte sie mich... Mich zu grüßen, mich, der ich mehr als halbtot war, welch' eine Grausamkeit!

»Herr Mathurin wird, hoff ich«, sagte sie, »Pierrettes Vermögen jetzt wohl annehmen, ich füge nichts hinzu, sie hat es selber verdient.«

10. Ende der Adjutantengeschichte

Hier stand der gute Adjutant auf, um das Porträt von der Wand zu nehmen und es nochmals von Hand zu Hand gehen zu lassen.

»Das ist sie,« sagte er, »in dem nämlichen Kostüm, mit der Haube und dem Tuch um den Hals. So hat sie die Frau Prinzessin von Lamballe malen wollen. Deine Mutter ist's, mein Kind«, sagte er zu dem schönen Mädchen, das er neben sich hatte und auf seine Knie zog. »Weiter spielte sie keine Komödie, denn sie hat immer nur die eine Rolle aus ›Rose und Colas‹, welche ihr die Königin beigebracht, spielen können.«

Er war bewegt. Sein weißer Schnauzbart bebte ein wenig und über ihm zitterte eine Träne.

»Das Kind hier hat seine arme Mutter bei der Geburt getötet,« fügte er hinzu; »man muß es sehr liebhaben, um ihm das verzeihen zu können; doch schließlich wird uns nicht alles zu gleicher Zeit gegeben. Scheinbar wär' das zuviel für mich gewesen, da die Vorsehung es nicht wollte. Seitdem bin ich mit den Kanonen der Republik und des Kaiserreichs herumgezogen und kann sagen, daß ich von Marengo bis an die Moskwa viele, viele schöne Siege sah. Nie aber hab' ich einen schöneren Tag in meinem Leben als den Ihnen eben erzählten erlebt. Der, an dem ich in die kaiserliche Garde eingetreten bin, gehört auch mit zu den schönsten. Mit ebenso viel Freude hab' ich mir dann wieder die weiße Kokarde angeheftet, die ich im Leibregiment Auvergne trug. Wie Sie gesehn, Herr Leutnant, lege ich großen Wert darauf, meine Pflicht zu tun. Ich würde, glaub' ich, vor Schande sterben, wenn mir bei der Inspektion morgen auch nur eine Stückpatrone fehlte, und bei der letzten Feuerübung hat man, meine ich, eine kleine Tonne Pulver für Infanteriepatronen entnommen. Fast hätt' ich Lust nachzusehn, wenn's nicht verboten wäre, mit Lichtern hineinzugehn.«

Wir baten ihn sich auszuruhn und bei seinen Kindern zu bleiben, die ihn von seinem Vorhaben abbrachten; und, sein kleines Glas leerend, erzählte er uns noch einige gleichgültige Dinge aus seinem Leben: er war nicht befördert worden, weil er immer die Elitekorps zu sehr geliebt und zu sehr an seinem Regimente gehangen hatte.

Kanonier in der Garde der Konsuln, Sergeant in der kaiserlichen
Garde war er gewesen, und in den Graden war er sich stets höher
vorgekommen, als wenn er Linienoffizier gewesen wäre. Ich habe
viele ähnliche Haudegen gesehn. Alles was ein einfacher Soldat an
Auszeichnungen erlangen kann, hatte er: die Ehrenbüchse mit sil-
bernem Gewehrringe, das Ehrenkreuz mit Jahresgehalt und vor
allem ein schönes und nobles Dienstbuch, worin die Kolonne: her-
vorragende Handlungen dicht beschrieben war. Das aber erzählte
er nicht.

Es war zwei Uhr morgens. Wir machten der Abendunterhaltung
ein Ende, standen auf, drückten dem wackeren Manne herzlich die
Hand und ließen ihn glücklich über die Erregungen seines Lebens,
die er in seiner ehrenwerten und guten Seele aufgefrischt hatte,
zurück.

»Wie viel mehr taugt solch alter Soldat mit seiner Ergebung«, sagte ich, »als wir jungen Offiziere mit unserem wahnsinnigen Ehrgeiz!
Das sollte uns zu denken geben.«

»Ja, das glaub' ich gern,« fuhr ich fort, als wir über die kleine Brü-
cke gingen, welche hinter uns aufgezogen wurde; »ich glaube, daß
es in unseren Zeiten nichts Reineres als die Seele eines solchen Soldaten gibt; ängstlich ist er auf seine Ehre bedacht und hält sie um
des geringsten Tadels willen schlechter Manneszucht oder Nachlässigkeit wegen für befleckt; er kennt keinen Ehrgeiz, keine Eitelkeit,
keinen Luxus, ist immer Sklave und stolz und zufrieden mit seiner
Knechtschaft, teuer in seinem Leben ist ihm nur eine dankbare Er-
innerung.«

»Und er glaubt, die Vorsehung blicke auf ihn nieder«, sagte mit
tief betroffener Miene Timoléon, als er mich verließ, um sich in sein
Zimmer zurückzuziehen.

11. Das Erwachen

Seit einer Stunde schlief ich; es war vier Uhr morgens; war der siebzehnte August, ich hab' es nicht vergessen. Plötzlich taten sich auf einmal meine beiden Fenster auf und alle ihre Glasscheiben fielen mit einem leichten silbernen Klirren, das sich hübsch anhörte, zerbrochen in mein Zimmer. Ich öffnete die Augen und sah einen weißen Rauch, der sacht zu mir hereindrang und, tausend Kränze bildend, bis an mein Bett zog. Ich schaute ihn mit etwas überraschten Augen an und erkannte ihn ebenso schnell an seiner Farbe wie an seinem Geruch. Ich lief ans Fenster. Der Tag begann mählich anzubrechen und erhellte das ganze alte unbewegliche und noch schweigsame Schloß, das von dem ersten Schlage, den es erhalten, noch betäubt zu sein schien, mit zarten Farben. Sah, daß sich nichts dort rührte. Nur der alte Grenadier, welcher auf dem Walle stand und dort wie üblich eingeschlossen war, lief ganz schnell mit der Waffe im Arm auf und ab, indem er nach der Hofseite blickte. Wie ein Löwe in seinem Käfig bewegte er sich.

Da alles noch still war, nahm ich an, daß eine Waffenprobe in den Gräben diese Erschütterung verursacht habe. Da ließ sich eine heftigere Explosion hören. Gleichzeitig sah ich eine Sonne aufgehn, welche nicht des Himmels Licht war und die sich über dem letzten Turme auf der Waldseite erhob. Ihre Strahlen waren rot; am äußersten Ende eines jeden gab's eine platzende Granate und vor ihnen einen Pulvernebel. Diesmal bebten der Hauptturm, die Kasernen, die Türme, die Wälle, die Dörfer und die Wälder, schienen von links nach rechts zu gleiten und wie ein Schubkasten, der geöffnet und geschlossen wird, sofort zurückzukommen. In diesem Momente konnt' ich mir einen Begriff von Erdbeben machen. Ein Klirren, wie es sämtliche durchs Fenster geworfene Sèvresporzellane der Welt hervorrufen würden, machte mir nur allzu begreiflich, daß von allen hohen Glasfenstern der Kapelle, von allen großen Glasscheiben des Schlosses, von allen Fenstern der Kasernen und des Fleckens nicht ein Stückchen Glas am Kitt haften geblieben war.

Der weiße Rauch zerstreute sich in kleinen Kränzen.

»Pulver ist sehr gut, wenn es Kränze wie jene da bildet«, erklärte Timoléon, der fertig angezogen und bewaffnet in mein Zimmer trat.

»Wir scheinen in die Luft zu fliegen«, sagte ich.

»Ich will nicht das Gegenteil behaupten«, erwiderte er kühl. »Bis jetzt gibt's dort nichts zu tun.«

In drei Minuten war ich wie er fertig angezogen und ausgerüstet und wir blickten schweigend das schweigende Schloß an.

Plötzlich schlugen zwanzig Trommeln den Generalmarsch; die Mauern erwachten aus ihrer Betäubung und Unempfindlichkeit und riefen um Hilfe. Die Arme der Zugbrücke begannen sich langsam zu senken und ließen sich an ihren gewichtigen Ketten auf dem anderen Grabenrande nieder; es geschah, damit die Offiziere hinein- und die Bewohner herausgehn könnten. Wir liefen nach dem Fallgatter; es öffnete sich, um die Starken aufzunehmen und die Schwachen von sich zu stoßen.

Ein seltsames Schauspiel wartete unser: alle Frauen und gleichzeitig alle Pferde der Garnison drängten sich am Tore. Im richtigen Instinkt der Gefahr hatten sie im Stalle ihre Halfter zerrissen oder ihre Reiter abgeworfen und warteten stampfend, daß sie ins freie Feld gelassen würden. Mitten durch die Frauentrupps liefen sie mit gesträubter Mähne, offenen Nüstern, roten Augen, sich gegen die Mauern aufrichtend, mit Entsetzen das Pulver riechend und ihre verbrannten Nasenlöcher in dem Sande verbergend, erschreckt wiehernd durch die Höfe.

Eine junge und schöne, in ihr Bettuch eingewickelte Person, der ihre halb angekleidete Mutter folgte, die von einem Soldaten getragen ward, ging als erste hinaus, und die ganze Menge folgte ihr. In diesem Augenblick erschien mir das als eine recht zwecklose Vorsichtsmaßregel, denn erst sechs Meilen von hier war ja der Erdboden sicher.

Wie alle im Flecken wohnenden Offiziere betraten wir laufend die Festung. Was mich als erstes überraschte, war die ruhige Haltung unserer alten Gardegrenadiere, die am Eingang als Posten aufgestellt waren. Gewehr bei Fuß, auf die Waffe gestützt, schauten sie mit Kennerblicken nach dem Pulverturme, ohne aber ein Wort zu sagen, ohne die vorgeschriebene Haltung aufzugeben; die Hand am Gewehrriemen. Mein Freund Ernest d'Hanache befehligte sie; er grüßte uns mit dem Lächeln Heinrichs des Vierten, das ihm eigentümlich war; ich gab ihm die Hand. Er sollte sein Leben erst im letzten Bürgerkriege verlieren, wo er rühmlich starb. Alle, die ich in diesen noch frischen Erinnerungen aufzähle, sind bereits gestorben.

Laufend stieß ich gegen etwas, das mich fast zu Fall gebracht hätte: es war ein Menschenfuß. Ich konnte nicht anders, ich mußte stehen bleiben und ihn ansehen.

»So wird's Deinem Fuß jetzt auch gleich gehn«, sagte ein Offizier, aus vollem Halse lachend, zu mir.

Nichts zeigte an, daß dieser Fuß einmal beschuht gewesen war. Einbalsamiert und erhalten war er wie bei Mumien; zwei Zoll oberhalb des Knöchels war er zerbrochen und sah aus wie die Statuenfüße, die man zum Studieren in den Ateliers hat; glatt war er, geädert wie schwarzer Marmor, rosig waren nur noch die Nägel. Ich hatte keine Zeit ihn zu zeichnen und setzte meinen Lauf bis in den letzten Hof vor die Kasernen fort.

Dort warteten unsere Soldaten auf uns. In ihrer ersten Überraschung hatten sie das Schloß angegriffen geglaubt, sich vom Bett an die Gewehrständer gestürzt und sich im Hofe zusammengeschaart, die meisten waren im Hemde mit ihren Gewehren im Arm. Fast alle hatten blutige Füße, die sie sich in dem zerbrochenen Glase verletzt. Stumm und untätig standen sie einem Feinde gegenüber, der kein Mensch war, und sahen voller Freude ihre Offiziere kommen.

Für uns bedeutete das zum Krater des Vulkans selber laufen. Er rauchte noch und ein dritter Ausbruch stand bevor.

Der kleine Turm des Pulvermagazins war aufgerissen und durch seine offenen Flanken sah man einen trägen Rauch wirbelnd aufsteigen.

War alles Pulver des Turmes verbrannt, blieb noch genug übrig, um uns alle in die Luft zu sprengen? Das war die Frage. Doch gab's da noch eine andere, welche nicht ungewiß war, daß nämlich alle Munitionswagen der Artillerie, die gefüllt und halb offen im Nachbarhofe standen, wenn ein Funke dorthin geriete, in die Luft fliegen würden, und daß der Hauptturm, welcher viertausend Zentner Kanonenpulver enthielt, Vincennes, seinen Wald, seine Stadt, sein Land und einen Teil der Vorstadt Saint-Antoine, die Steine, die

Zweige, die Erde, die Dächer und die menschlichen Köpfe, mochten sie auch noch so fest sitzen, zusammen in die Luft sprengen würde.

Der beste Helfer, den Manneszucht finden kann, ist die Angst. Wenn alle in Gefahr schweben, schweigt jeder und klammert sich an den ersten Besten, der einen Befehl oder ein heilsames Beispiel gibt. Der erste, welcher sich auf die Munitionswagen warf, war Timoléon. Seine ernste und zusammengefaßte Miene wich nicht aus seinem Gesichte; mit einer Behendigkeit aber, die mich überraschte, stürzte er sich auf ein Rad, das schon in Brand geraten war. Da Wasser fehlte, löschte er ihn aus, indem er ihn mit seinen Händen, mit seiner Uniform und mit seiner Brust, die er dagegen preßte, erstickte. Anfangs hielt man ihn für verloren, doch als wir ihm zu Hilfe kamen, fanden wir das Rad geschwärzt und erloschen, seine Uniform verbrannt, seine linke Hand etwas schwarz bestaubt, im übrigen seine ganze Person unversehrt und ruhig. In einem Moment wurden alle Munitionswagen aus dem gefährlichen Hof gerissen und aus dem Fort heraus auf den Schießübungsplatz hinausgebracht. Jeder Kanonier, jeder Soldat, jeder Offizier spannte sich davor, zog, rollte und stieß die furchtbaren Karren mit Händen, Füßen, Schultern und mit der Stirne vorwärts.

Die Spritzen setzten den kleinen Pulverturm durch die schwarze Öffnung seiner Brust hindurch unter Wasser; er war auf allen Seiten rissig, schwankte zweimal nach vorn und nach hinten, spaltete dann wie die Rinde eines rissigen Baumes seine Flanken und deckte, rücklings umfallend, etwas wie einen schwarzen und rauchenden Ofen auf, in welchem nichts mehr erkennbare Form besaß, worin jede Waffe, jedes Geschoß sich in rötlichen und grauen Staub verwandelt hatte, welcher in kochendem Wasser verdünnt worden war. Eine Art Lava hatte sich aus Blut, Eisen und Feuer gemischt, ergoß sich in die Höfe und verbrannte das Gras auf ihrem Wege, Das war das Ende der Gefahr; nun brauchte man sich nur noch wiederzuerkennen und zu zählen.

»Das hat man in Paris hören müssen«, meinte Timoléon, mir die Hand drückend. »Ich will ihr zu ihrer Beruhigung schreiben. Hier gibt es nichts mehr zu tun.«

Er sprach mit keinem weiter und kehrte in unser kleines weißes Haus mit den grünen Fensterläden zurück, wie wenn er von der Jagd heimkäme.

12. Eine Bleistiftskizze

Wenn Gefahren vorbei sind, ermißt man erst ihre Größe. Man wundert sich über sein Glück, wird blaß vor Furcht, die man hätte haben können, beglückwünscht sich, keine Schwäche gezeigt zu haben, und fühlt etwas wie ein überlegtes und abgeschätztes Entsetzen, das einem beim Handeln nicht überkommen war.

Das Pulver hatte unberechenbare Wunder getan, wie sie etwa der Blitz bewirkt.

Die Explosion hatte merkwürdige Dinge nicht nur an Kraft, sondern auch an Geschicklichkeit verrichtet. Sie schien ihre Schläge abgemessen und ihr Ziel gewählt zu haben. Sie hatte mit uns gespielt; hatte zu uns gesagt: Den da werde ich wegnehmen, nicht aber die, welche danebenstehen. Aus dem Erdboden hatte sie einen Schwibbogen aus Quadersteinen gerissen und ihn ganz so, wie er geformt war, auf den Rasen, in die Felder geschleudert, wo er wie eine von der Zeit geschwärzte Ruine lag. Drei Bomben hatte sie sechs Fuß tief in die Erde eingewühlt, Pflastersteine unter Kugeln zermalmt, eine Bronzekanone mitten durchgebrochen, alle Fenster und alle Türen in alle Zimmer hineingeschleudert, des großen Pulverturms Fensterläden über die Dächer ohne ein Körnchen Pulver weggetragen, zehn schwere Prellsteine wie eines umgeworfenen Schachbrettes Figuren weggerollt, die sie verbindenden Eisenketten wie einen Seidenfaden zerrissen und ihre Glieder zusammengeflochten, wie man Hanf zusammenflicht. Sie hatte den Hof mit zerbrochenen Lafetten aufgewühlt, die Steine mit Kugelpyramiden inkrustiert, und unter der Kanone, die dem zerstörten Pulverturme am nächsten war, das weiße Huhn, welchem wir am Vorabend zugesehn hatten, leben gelassen. Als die arme Glucke mit ihren Küchlein friedlich aus ihrem Neste herausspazierte, empfingen sie unsere guten Soldaten wie eine alte Freundin mit Freudenrufen und huben an, sie mit kindlicher Sorglosigkeit zu liebkosen.

Kokettierend wandte sie sich hin und her, sammelte ihre Kücken und trug ihren Federbusch und ihr silbernes Halsband nach wie vor. Es sah aus, als ob sie den Herrn erwarte, der ihr immer Futter gab, und, von ihren Küchlein umgeben, lief sie ganz verstört zwischen unsere Füße. Als wir ihr folgten, stießen wir auf etwas Schreckliches.

Vor der Kapelle lagen des armen Adjutanten Kopf und Brust ohne Leib und ohne Arme. Der Fuß, über den ich beim Kommen gestolpert war, gehörte ihm. Zweifelsohne hatte der Unglückliche dem Verlangen nicht zu widerstehen vermocht, seine Pulverfässer nochmals zu besichtigen und seine Granaten zu zählen, und sei es das Hufeisen seiner Stiefel, sei es ein rollender Kiesel, irgendetwas, irgendeine Bewegung hatte alles entzündet.

Wie ein Schleuderstein war sein Kopf mit seiner Brust sechzig Fuß hoch gegen die Kirchenmauer geschleudert worden, und das Pulver, womit die grausige Büste sich gesättigt, hatte ihre Form mit dauerhaften Strichen auf die Mauern gemalt, zu deren Fuß sie dann niederfiel. Wir betrachteten ihn lange und kein Mensch sagte ein Wort des Mitleids. Ihn beklagen, hätte etwa ausgesehen, als ob man Mitleid mit sich selber habe, da man die nämliche Gefahr gelaufen war. Nur der Stabsarzt sagte: »Er hat nicht gelitten.«

Für mich schien er noch zu leiden; aber trotzdem begann ich, halb aus unbesieglicher Liebhaberei, halb aus prahlerischer Offiziersherausforderung, zu zeichnen.

So etwas kann nur in einer Gesellschaft geschehen, die alle Empfindsamkeit abgeschafft hat. Eine der üblen Seiten des Waffenhandwerks ist solcher Kraftaufwand, bei dem man immer mit seinem Charakter großtun möchte. Man übt sich, sein Herz abzuhärten, man verheimlicht sich ängstlich die Pietät, da sie nach Schwäche aussehn könnte, man tut sich Gewalt an, sich das göttliche Gefühl des Mitleids nicht anmerken zu lassen, ohne daran zu denken, daß man, wenn man ein gutes Gefühl immer gefangen hält, das gefangene schließlich erdrückt.

In dem Momente kam ich mir sehr hassenswert vor. Mein junges Herz war vor Kummer über diesen Tod angeschwollen, und dennoch arbeitete ich mit hartnäckiger Ruhe an meiner Zeichnung weiter, die ich aufgehoben habe und die mir bald Gewissensbisse bereitete, weil ich sie herzustellen vermochte, bald mich an die eben niedergeschriebene Erzählung und dieses braven Soldaten bescheidenes Leben erinnerte.

Der edle Kopf war nur mehr ein Gegenstand des Entsetzens, eine Art Medusenhaupt, seine Farbe war die des schwarzen Marmors. Die Haare waren gesträubt, die Augenbrauen nach der Stirn hin hochgezogen, die Augen geschlossen, der Mund war offen, wie wenn er einen Schrei ausstieße. Auf dieser schwarzen Büste sah man das Entsetzen über die plötzlich aus der Erde emporsteigenden Flammen eingemeißelt. Man begriff, daß er Zeit zu solchem Entsetzen, das ebenso jäh war wie das Pulver, und vielleicht auch Zeit zu unberechenbaren Leiden gehabt hatte.

»Blieb ihm so viel Zeit, an die Vorsehung zu denken?« fragte mich Timoléon d'Arc...s friedliche Stimme. Mit einem Augenglase schaute er über meine Schulter hinweg beim Zeichnen zu.

Gleichzeitig bückte sich ein munterer, frischer, rosiger und blonder Soldat, um dem rauchgeschwärzten Stumpf seine schwarze Seidenbinde abzunehmen.

»Sie ist noch sehr gut«, erklärte er. Es war ein ehrenwerter Bursche aus meiner Kompagnie, namens Muguet, der zwei Winkeltressen am Arme trug; er zeigte weder Gewissensbisse noch Wehmut, war übrigens »der beste Junge von der Welt«. Das aber brachte unsere Ansichten zum Wanken.

Ein lebhaftes Pferdegetrappel lenkte uns schließlich ab. Es war der König.

Ludwig der Achtzehnte kam in einer Kalesche angefahren, um seiner Garde zu danken, weil sie ihm seine alten Soldaten und sein altes Schloß erhalten hatte. Lange betrachtete er die seltsame Lithographie auf der Mauer. Alle Truppen standen in Schlachtordnung. Er erhob seine starke und deutliche Stimme, um den Bataillonschef zu fragen, wer von den Offizieren und Soldaten sich ausgezeichnet.

»Jeder hat seine Pflicht getan, Sire!« antwortete Herr von Fontanges schlicht. Er war der ritterlichste und liebenswürdigste Offizier, den ich gekannt, ein Weltmann, der mir am deutlichsten zu Bewußtsein brachte, wie der Herzog von Lauzun und der Chevalier von Gramont gewirkt haben mochten.

Daraufhin holte der König anstatt Ehrenkreuze Goldstückrollen aus seiner Kalesche hervor, die er zur Verteilung an die Soldaten weitergab, und fuhr, Vincennes durchquerend, dann durch das Waldtor davon.

Die Reihen lockerten sich, die Explosion war vergessen; keiner dachte daran unzufrieden zu sein und keiner hielt sich für verdienstvoller als den anderen. Tatsächlich war es ja auch nur wie bei einer Besatzung gewesen, die aus ihrem Schiffe springt, um sich selber zu retten, das ist alles. Doch hab' ich geringere Heldentaten sich später sehr viel besser zur Geltung bringen sehen.

Ich dachte an des armen Adjutanten Familie. Doch ich allein dachte an sie. Wenn Fürsten irgendwo durchkommen, fahren sie gewöhnlich zu schnell.

Über tredition

Eigenes Buch veröffentlichen

tredition wurde 2006 in Hamburg gegründet und hat seither mehrere tausend Buchtitel veröffentlicht. Autoren veröffentlichen in wenigen leichten Schritten gedruckte Bücher, e-Books und audio-Books. tredition hat das Ziel, die beste und fairste Veröffentlichungsmöglichkeit für Autoren zu bieten.

tredition wurde mit der Erkenntnis gegründet, dass nur etwa jedes 200. bei Verlagen eingereichte Manuskript veröffentlicht wird. Dabei hat jedes Buch seinen Markt, also seine Leser. tredition sorgt dafür, dass für jedes Buch die Leserschaft auch erreicht wird.

Im einzigartigen Literatur-Netzwerk von tredition bieten zahlreiche Literatur-Partner (das sind Lektoren, Übersetzer, Hörbuchsprecher und Illustratoren) ihre Dienstleistung an, um Manuskripte zu verbessern oder die Vielfalt zu erhöhen. Autoren vereinbaren direkt mit den Literatur-Partnern die Konditionen ihrer Zusammenarbeit und partizipieren gemeinsam am Erfolg des Buches.

Das gesamte Verlagsprogramm von tredition ist bei allen stationären Buchhandlungen und Online-Buchhändlern wie z. B. Amazon erhältlich. e-Books stehen bei den führenden Online-Portalen (z. B. iBookstore von Apple oder Kindle von Amazon) zum Verkauf.

Einfach leicht ein Buch veröffentlichen: **www.tredition.de**

Eigene Buchreihe oder eigenen Verlag gründen

Seit 2009 bietet tredition sein Verlagskonzept auch als sogenanntes "White-Label" an. Das bedeutet, dass andere Unternehmen, Institutionen und Personen risikofrei und unkompliziert selbst zum Herausgeber von Büchern und Buchreihen unter eigener Marke werden können. tredition übernimmt dabei das komplette Herstellungs- und Distributionsrisiko.

Zahlreiche Zeitschriften-, Zeitungs- und Buchverlage, Universitäten, Forschungseinrichtungen u.v.m. nutzen diese Dienstleistung von tredition, um unter eigener Marke ohne Risiko Bücher zu verlegen.

Alle Informationen im Internet: **www.tredition.de/fuer-verlage**

tredition wurde mit mehreren Innovationspreisen ausgezeichnet, u. a. mit dem Webfuture Award und dem Innovationspreis der Buch Digitale.

tredition ist Mitglied im Börsenverein des Deutschen Buchhandels.

Dieses Werk elektronisch lesen

Dieses Werk ist Teil der Gutenberg-DE Edition DVD. Diese enthält das komplette Archiv des Projekt Gutenberg-DE. Die DVD ist im Internet erhältlich auf **http://gutenbergshop.abc.de**